U0153694

成功校園指南

以人為主體的當代校園空間思考

作者：國立成功大學 設計中心

許家茵、王逸璇、龔柏閔、張庭嘉、楊雅鈞、游婕、翁新淯、陳詠載 著

本書指南

推薦序

自序

前言

克盡大學校園空間的本分

南臺灣七月連日的艷陽，讓映著赭紅色舊城牆的天空蔚藍了許多，光復校區榕園裡的巨大主榕樹更顯得鬱鬱蔥蔥，這是歷代成大人的共同象徵，也是情感與記憶的依託。成功校區的博物館與勝利校區的未來館隔路相望，不僅連結起校園南北想像軸線，而實際輕踩著自行車或並肩漫步在工學院大道的鮮明景象更深烙成大人心中。一座美好的大學，在培育人才與傳遞知識的同時，更應引領想像、伴隨時代的推進，讓校園空間成為滋養眾人的土壤，提供所有師生多元的教育基地與實驗場域，與城市及世界共榮，孕育一個個競爭力無與倫比的未來人才。

自1931年創立成功大學前身的臺灣總督府臺南高等工業學校，在小東門外後甲破土興建行政大樓（今成功校區之博物館）。1946年本校改制為「臺灣省立工學院」，1950年增購勝利校區作為教職員生宿舍區，在與美國普渡大學的高等教育合作計畫中，借助成大建築學系老師們的專業，規劃設計出當時的圖書館（今勝利校區未來館），讓校園的生活更為多元且完善。1965年改制為臺灣省立成功大學，1971年再改制為「國立成功大學」，並陸續增購、奠定了現今校本部的範圍：1966年光復校區、1971年的建國（今成杏）校區、1983年自強及敬業兩校區、1985年力行校區...等。從一開始的高等工業學校到後來設立國內第一所綜合型大學的醫學院，成功大學一直不斷地從軟體及硬體上挑戰與創新，除了提供專業知識與技能學習外，也持續在校園空間上嘗試突破，面臨的挑戰也日益複雜。

1996年，在吳京前校長任內推動設置了校級「成功大學永續校園規劃及運用委員會」（簡稱校規會），並委由時任建築學系主任的徐明福教授擔

任執行祕書，開啟系統性思考校園的機制。2005年開始，在校規會工作小組召集人徐明福教授的帶領下，從交通、生態、建築等各方面，展開一系列校園空間調查及規劃工作，制定出基礎策略方向，與眾多應保留的歷史建物及空間規範。然而，面對時代的演進與挑戰，校園空間涉及的面向日增，於是我們再次借重規劃設計學院的專業，於2018年成立「設計中心」，期望能以設計的角度切入議題，帶動關切未來問題，整合眾多不同的專業，解決未來挑戰，建構可長、可久、共好的校園空間，創造多元、彈性的討論平臺，成就世界永續發展的大願景。

　　一所頂尖大學關切的議題必須是涵蓋各種尺度與族群的。謝謝設計中心的同仁們，整理出這幾年在校園規劃上的努力，集結成書。闡述了空間作為校園的環境改革教育的願景；嘗試了讓設計

作為溝通整合與實踐的串接平臺；也梳理了尺度各異並鏈結多元使用族群的空間實驗。我們克盡大學校園空間的本分，讓在這裡熙攘生活的師生們，都能找到適切的角落彼此相互學習。校園裡有忙碌不休的教學與討論，另一隅的草地上也會有清風徐來此起彼落的笑意；歷史文物小築裡，磅礴大氣，卻有細膩動人的布展，運動場上也有恣意揮灑青春的汗水……。讓教學相長不只侷限於教室裡，校園裡的每一處都是學習互動的角落，學習知識與技能，也學習生活，並謙卑回饋土地！

寫於2022年 夏至

國立成功大學校長

蘇慧貞

形塑21世紀大學校園空間樣貌

　　21世紀的大學校園應該是什麼樣貌？現代建築大師路易斯‧康（Louis Kahn）：「學校起始於一個坐在大樹下的人，和圍繞的人討論他對一些事物的理解。」大樹底下的原始學校學習精神－互動的師生角色、自由的知識傳授、批判性的思考、靈光乍現的啟發，一直是學校建築規劃與設計所追求的夢想！在全球網路時代，資訊隨手可得，教師不再是教室裡的權威，取而代之的是自主學習、做中學的體驗式學習；學校不再是知識的寶庫，塑造師生互動、協同合作的校園環境，比單方向的傳授來得重要；傳統制式校園建築空間形式，已經不符合新世代的需要，不論從教室、講堂、討論室、工作室、宿舍，甚至校園移動，都是學習的一部分，如何回到以人為主體的校園空間，打造一個無所不在學習的校園優質環境，成為21世紀未來世代校園空間發展的挑戰。

　　創意校園環境改造並非一蹴可幾，從微小的空間設計到大尺度的校園規劃，需要一個創意校園支持系統與組織。在我擔任建築系主任、規劃與設計學院院長任內近十年內，不斷地倡導創意校園的觀念，邀請多位著名的建築師與景觀師，創意改造教室、系館與校園環境景觀。成大在蘇慧貞校長上任後，大刀闊斧地將美學導入校園設計，並接受我的建議成立校級「設計中心」，負責整體校園策略規劃、先期設計概念發展及美學專業設計與諮詢，設計中心積極參與永續校園工作小組，與使用者、建築師、設計師團隊討論專案，輔助校園美觀綜合評估，建立校園空間發展的設計平台。設計中心經過一番篳路藍縷，吸引幾代年輕設計師的加入，累計數百件專案工作的創意成果，在我不斷地鼓勵下，設計中心的同仁整理集結成書，終於促成此書的出版！

閱讀《成功校園指南》一書，首先可以感受到與一般的校園空間設計書籍不同，本書嘗試從微觀到巨觀探討大學校園空間的本質，書中用了桌面、床鋪、黑板、招牌、榕樹的分類，表達以人為主體的當代校園空間思考，不僅是成大校園過去幾年來的設計紀實，也展現當代校園創意空間發展的思考脈絡。更重要的是，成大是全國第一個成立校級設計中心的大學，跳脫出傳統的框架，以創新思維進行一系列的大學校園空間改造。書中涵蓋了對於校園空間環境設計的理論與實踐，從具體的空間改造到校園美學的實踐，是大學設計力提昇創意校園的實例印證！

最後，感謝教育部大專校院人文與社會科學領域標竿計畫的支持，讓這一本書的出版得以完成，對於設計中心而言，是這一群具有理想性、參與大學校園空間改造的年輕設計師的美好回憶；

對於建築界而言，這是一本深入了解校園空間體系與設計知識系統的參考資料；對於有理想打造創意校園的學校而言，這是一本成功校園指南，可作為未來創意校園空間發展的範本，值得推薦參考！

國立成功大學建築學系教授

為未來的大學校園空間治理而努力

從事建築教育多年，我曾參與過許多從籌備到成立，且對建築教育體制的完善具正面影響力的事情。成大設計中心的成立及運作肯定是一個可供建築教育體制分享及參考的最佳案例。

從建築教育的角度而言，與「設計中心」最靠近且每日都要面對的是成大校園及生活於此的成大師生。為了培養成大校園空間文化、環境美感與真實透過身體體驗感受的校園生活風格，校方因此決定成立「設計中心」，將校內空間營運行政及建築系的專業知識整合為一體，這是一個非常具前瞻性的重大決策。從歷史淵源的角度來看，目前的設計中心雖是在2018年成立，然而早在「美援」時期（1951-1964）已有先例，當時美國普渡大學與成大共同執行高等教育合作計畫（1953-1960），將校園內最重要的總圖書館建築設計案，委由成大建築系老師們（陳萬榮、王濟昌、吳梅興）合作設計，並於1959年完成啓用，其優雅的現代空間形式及建築美感所建立的校園意象，不僅奠定了成大校園空間文化獨特的核心地位，也建立了建築系教授與學校行政體系，在業主（學校行政體系）與建築師（建築系教授）的互信基礎下，共同完成符合美援高規格審查要求的建築設計挑戰。這個案例十足反映了建築系與學校行政體系建立合作夥伴關係之於建構校園空間文化的重要性。

對設計中心而言，延續自六十年前具啓蒙性質所建立的「合作夥伴」關係，蛻變成為今日「設計中心」成立的基本內涵，在因應及面對巨大社會變遷的當下及未來，「設計」所代表的跨域知識與智能的專業整合及執行能力，已跳脫過去以單一專業為主的思考及教育模式。透過年輕且具良好學經歷的設計中心工作同仁在系內參與入門性質的設

計課教學及課程設計，引導學生在校園環境改變過程得到最真實的體驗，啓發了學生寬廣、自由的學習視野及實務性的設計參與。設計中心不僅在建築系設計教學發揮教學創意，更重要的是在校園實質規劃設計過程中，與校方各行政單位共同合作，為「校園」環境景觀、新建築概念規劃設計、舊建築活化再利用及大型活動計畫策劃執行過程注入新的設計美感及創意，不僅表現了成大校園環境治理的獨特性，也厚實了成大校園空間文化的內涵，發揮了設計中心為「大學校園建築師」的角色。

　　大學校園其實是一座小型的城市，城市的環境治理一如大學的校園環境治理，在成大創校九十周年之際，幸有蘇慧貞校長之遠見及行政支持，鄭泰昇前院長積極促成，設計中心成立近四年來，過程雖有必要之磨合，但終究發展順遂，藉本書之出版，完整記錄成大近

期完成或進行中的校園環境治理成效，說明了校園環境治理之於當下及未來在「大學治理」的重要性。受邀為本書出版為序，殷切至盼設計中心精益求精，發揮成大九十周年校慶所揭示之標語：「藏行顯光，成就共好」之精神，在現有基礎上，持續為成大未來的校園治理努力。

國立成功大學建築學系退休教授

校園空間規劃的指引與陪伴

索引

　　《成功校園指南》記錄了成大設計中心從2018年以來所執行的眾多設計及非設計提案與工作項目，多半也對應檢索了我從2019年開始擔任學校副總務長所面臨的校園空間挑戰與對話。

　　這本指南強烈地用尺度各異、每天都會觸及的「桌面」、「床鋪」、「黑板」、「招牌」、「榕樹」作為索引，啟發鏈結多元的活動及校內外的使用族群，一方面將校園空間的規劃與想像，落地回歸到日常中最不起眼的，承載活動以及社交關係的平面、平台與介面，另一方面為行政單位以往較為僵固的空間規劃與治理方式，創造更有溫度、更細膩真實、更豐富的互動模式。

　　指南中描繪許多校園物件及組合，體現出「任意空間皆可any-space-whatever」的新形態成大校園本質，彷彿在校園的任一角落隨機取樣，都能開展成支持校園前瞻生活與學習場域的日常。校園設計不再必然要從軸線、核心、層級的塑造開始，空間的「任意物件」對照校園生活各種「約定成俗」，反而能提出更具挑戰性的新觀點。

鏡射

　　雖然本書僅集結設計中心2018年成立以來的提案，但也讓我回想中心成立前，參與校園規劃的過往。從2008年開始，建築系徐明福老師帶著我們進行校園規劃與校園空間治理制度的建立，徐老提出校園作為生態博物館Eco-Museum的概念（普查校園中的圍牆、建物、廊帶、立面、人車，甚至成功湖的吳郭魚），梳理活動廊帶層級及核心節點空間，形成校園十字軸帶主架構，一條從總圖書館向南形成公共建築群序列，並打開舊總圖K館與博物館間的大廣場；另一條東西軸連接強化光復、成

功到自強校區間學習與生活的流動。也讓我有機會參與許多新設空間及系館的前期規劃，與既有空間的修補改造。

　　設計中心成立後，強化更多創新價值、空間質性與情境討論，以多尺度、有彈性的設計操作，適切調整補充了先前過於僵化的空間組織策略與量化分配現實。設計中心與我的角色有許多動態，有時位於行政的對立面，有時是行政、使用單位與建築師間的協調整合角色，也常提醒提出物件與設計，要把自己設計其中成為加速與促進者，從提案延伸鏈結，更有效地參與、疊加、調解分歧意見與多元內容。

方向與導覽

　　《成功校園指南》也提供校園空間的策略方向，讓日後成大校園空間的規劃設計與治理，有清楚的指引，更可以提供其他學校作為參考。這些策略如同

指標系統路牌設計，一方面以邏輯、理性的形式，要求最有效率、最快速的尋路途徑，另一方面又提供了停留凝視的視角與視野，呈現設計中心所建構、再現的校園空間秩序與美，揭露豐富多樣的學習與生活情境。

　　我也喜歡它如同旅遊導覽手冊般，讓我們從校園時空流變的漫遊中，找到新視角觀看成大校園的塑造與改變，藉由指南物件承載的動能，感受校園的空間組織構成以及生態系統，鼓舞人際間多層次的關係，彷彿是建築學中「壯遊 Grand Tour」的指引與陪伴。我也深信設計中心在校園空間實踐中的旅行，同樣在這本指南中陪伴與細述了對建築系教育深遠的影響。

國立成功大學建築系副教授兼副總務長

從2018年開始經歷的四個寒暑

　　國立成功大學設計中心自2018年成立的這四年間，陸陸續續推動的校園建設，共計已達100多件，其中我們參與過的案子包含小尺度的活動邀請函、海報設計，中尺度的活動空間美化與場布，大尺度的校園建築興建與整修，甚至觸及全校空間的分區規劃以及超大建築群，跟周遭都市發展息息相關的案件。四年間我們在每處案子中，帶入我們對於理想的校園、教育價值觀，試圖讓成功大學成為多元學習與創新的場所，以期校園作為知識、能量、新創的媒合場域。

　　本書作為四年的階段工作成果呈現，因篇幅的緣故僅收納其中較能代表我們信念的28個案件，而其餘的遺珠則是以列表的方式呈現於附錄的案件索引，四年間能有如此的成果也要歸功於這些年致力於校園規劃的專案講師與助理，不論是設計與現場協助場布都不遺餘力。以及其他不吝提供各方面協助的校級主管、教授、校長、職員，於思想上、行政上予以最大的支持，也唯有諸位的共同努力，才能逐步形塑我們心中的理想校園與生活教育空間。

　　隨著設計中心在學校體系的定位趨於明朗，越來越多案子在設計前會委託設計中心提供建議與協助。設計中心的案量也越來越多元，因此於2020年時，嘗試以數位化專案管理系統管理案件，如 Airtable 與 Microsoft Planner。在數位化專案管理系統的輔助，即使面對疫情遠距上班，工作仍能順利銜接，快速同步與分析各項工作情況，也能進一步可視化歷年經手專案之情形研究，作為設計中心管理校園規劃工作的重要工具。

組織架構與
工作流程

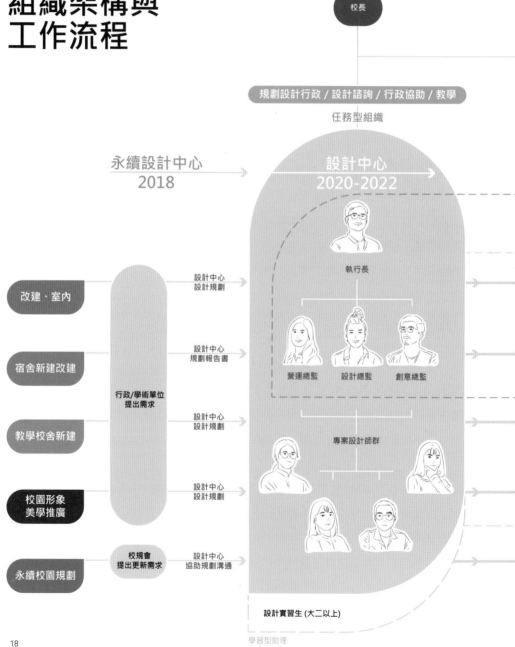

校長

規劃設計行政 / 設計諮詢 / 行政協助 / 教學
任務型組織

永續設計中心
2018

設計中心
2020-2022

執行長

改建、室內

設計中心
設計規劃

宿舍新建改建

設計中心
規劃報告書

行政/學術單位
提出需求

營運總監　設計總監　創意總監

教學校舍新建

設計中心
設計規劃

專案設計師群

校園形象
美學推廣

設計中心
設計規劃

永續校園規劃

校規會
提出更新需求

設計中心
協助規劃溝通

設計實習生 (大二以上)

學習型助理

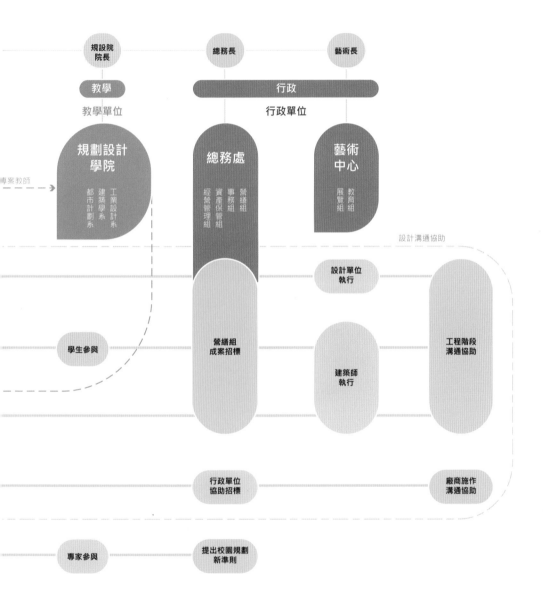

歷年作品
分布位置

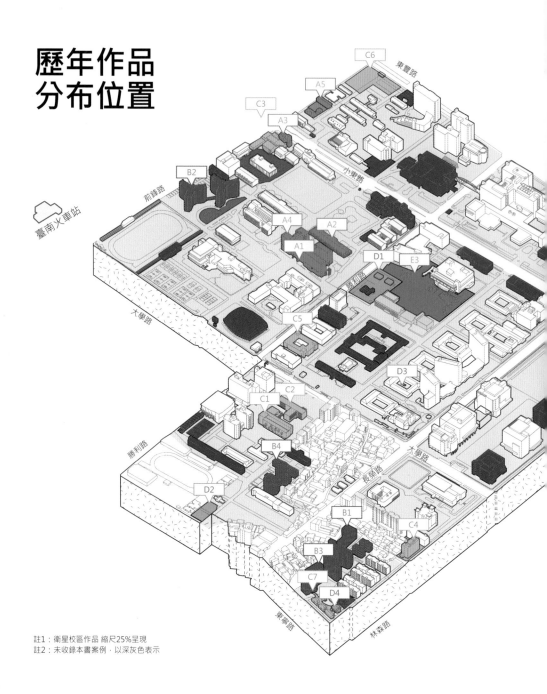

註1：衛星校區作品 縮尺25%呈現
註2：未收錄本書案例，以深灰色表示

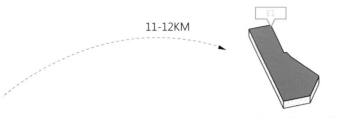

11-12KM

E1

安南區：成大安南校區

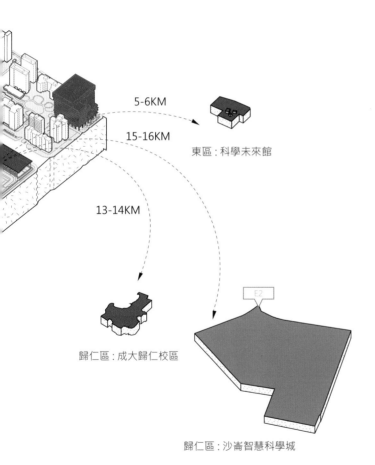

5-6KM

15-16KM

東區：科學未來館

13-14KM

歸仁區：成大歸仁校區

E2

歸仁區：沙崙智慧科學城

空間 作為校園的環境改革教育

「校園」的建成環境與教育模式是形塑大學場所的兩大要素，兩者之間相互的影響與轉變，是大學長久以來持續探討的議題。隨著教學模式與社會觀念的改變，校園內不同尺度的「空間」也持續不斷地產生相對應的嘗試與調整，甚至創新。回顧過往對於校園空間的討論，追求單一建物與個體空間表現的觀念已漸漸式微，進而轉向著重簇群式院落安排與建築配置的區域規劃思考。現今校園規劃所面對的挑戰也越來越多元，如：周遭都市環境的演變、科技日新月異的發展與應用、逐漸飽和的校地開發，甚至是後疫情時代下教育模式的轉變等議題，「校園空間」的改造都必須於前期規劃及情境想像上有更縝密、更前瞻的思維。

而再進一步關注現今「跨域」與「多元」的議題，傳統工作模式與單一使用者提出之空間想像與需求，似乎已經無法全盤應用於未來的空間使用模式。校園空間的規劃思考應更從建築形態及簇群院落的量體配置，延伸至形而上的虛體介面討論，並關注不同使用者族群與空間之間的交互影響：學生、老師、各個部門與行政人員之間，逐漸轉變的互動行為與實體空間的相互關係。譬如「行政e化」、無紙化後的工作空間；跨域教學、線上課程下的教學空間與同儕間的學習行為等，不只是使用者在行政、教學模式的更新，當代的校園建成環境需要產生在空間上相對應的革新。讓空間與使用者產生更多向度的連結與影響，使生活於校園中的群體能培養生活美學，並以包容態度欣賞多元的價值，讓對於未來的實驗性想像得以實

踐於校園空間之中。

　　校園空間儼然已成為教育重要的一環，然而接踵而來的世代議題與挑戰，也讓校園內各個使用族群間的溝通整合日益重要。事前收集多方利益關係人的想法，透過結構性的整合，歸納出層級清晰的需求以利多方溝通、達成共識，才能更精準地落實設計想像於實際的空間改造中。機能及需求上的衝突，不一定是空間建構上的衝突，透過分時或分區共享的原則，能將有限的資源串聯並放大，創造雙贏局面。因此，如何突破既有的分工方式，創造多元的溝通整合平台，凝結群體的共識，共同提出未來校園生活願景並逐步實踐與革新進化，將是提升校園空間品質的重要挑戰。

　　在這樣的考驗與希冀下，成大「設計中心」成立於2018年，開始於成功

大學規劃與設計學院下的任務編組。希望以建築和空間為本，鏈結「人文（Archi-）」與「工程（-tecture）」，透過設計思考的方式，發展成為校內溝通整合的「平台」，目的是串接、轉譯不同專業領域的思維，轉化為空間執行的方法，並銜接執行實踐的校內單位及校外建築專業團隊；憑藉團隊成員空間設計及規劃的專業能力，以設計整合與歸納眾多利益關係人的意見，轉化成能於空間落實的想法，讓想像可經由多方的合作逐步實踐。除此之外，可更進一步結合教學及學術上的資源，加入具未來性的想法與技術，提出新型態的校園生活願景與想像，以邁向下一個百年的「新校園運動」作為空間及教育的革新目標。

設計 是溝通整合與實踐的串接平台

空間的建構若只從單一使用角度出發，只能得到單一機能的解答；而好的校園空間需要包容多元、因應各種偶發事件、促成創新能量。但校園的腹地無法無限擴張，需要在既有的限制下，構思出符合眾多期待的使用。前期需求的統整是關鍵的步驟，透過釐清多方意見並化解其中的衝突、整合後，提出較佳解答的方案，為整體設計方向定調。

在相同基地或需求條件下，不同使用者的角度切入，會發展出不同的問題內容。若單純只是廣泛蒐集意見、單看問題表象，將無法有效化解各方需求之間的衝突。「設計中心」以建築設計專業為基礎，成為收斂整合不同需求及意見的平台，透過建構問題的次序與結構，釐清衝突、整合歸納，於設計方案中化解問題的衝突，轉化為空間上的創新方案，並給予具備美感的整體呈現。我們將校內眾多的資訊與意見回饋分成**「校園策略議題」**、**「執行實踐議題」**與**「相關專業回饋」**三大面向來討論。

「校園策略議題」以校園空間的整體發展、創新教育模式與美學教育為優先考量。可分為兩個層面：一是對於校園整體規劃與教育政策的擬定，是長遠、可持續調整的大方向議題，從一系列的提案中可看出其脈絡架構；二是從基地整體環境出發的規劃準則，作為後續**「執行實踐議題」**與**「相關專業回饋」**進行空間規劃之參考，配合具體使用需求，與設計執行團隊串接溝通。如「東寧宿舍」一案提出對東寧校區的長期規劃策略與新型態宿舍生活想像；「大新園」案中對於光復及成功校區的連結與延續歷史軸線的設計規劃，都是對

於校區整體發展提出未來發展期望，透過階段性規劃提案循序實踐目標。

「執行實踐議題」包含前期與行政、使用單位、營繕單位等的意見統整，進行初步規劃提案，在進入發包程序前作綜合性評估與行政程序建議；後期則與得標建築師或設計團隊、校內營繕單位合作討論，讓前期的設計理念及策略能夠有效地傳達給設計團隊，建立校方營繕體系與設計團隊間的溝通協調平台，進一步把關品質。「執行實踐議題」的討論是累加的，銜接前期的需求擬定與後期的方案實踐，需要持續與相關校內單位及後期的營繕體系來回溝通調整，擬定最適切的執行方案。

「相關專業回饋」則發揮學術界專業的支持與輔助，設計中心作為整合平台將學界創新觀念與專業技術納入討論，讓校園空間的改造提案可以更積極地提出前瞻、永續、友善環境的規劃構想。譬如在「安南永續生態教育園區」與「沙崙智慧綠能科技城」的規劃提案裡，將產學界諸多創新的技術及觀念和空間規劃結合，共同打造與自然共榮的新生活想像。

設計中心以空間專業出發，作為整合上述三大面向資訊的討論平台，梳理層次關係後回饋於空間提案中。其中「校園策略議題」與「相關專業回饋」是可跨區域與個案的長期討論；而「執行實踐議題」則是短期且務實地對提案可行性作綜合考量。唯有透過這三大架構的整合與回饋，我們才能對校園空間規劃與改造有更長遠且永續的發展構想；透過一點一滴的個案累積蛻變，成就更值得期待的校園環境教育。

尺度 各異的物件作為鏈結多元使用族群的空間實驗

理解設計中心作為溝通整合平台的三大核心概念與執行程序後，回到空間專業關注的層面：在既有的空間架構裡，如何創造最大使用彈性與涵容多元的使用族群，一直是設計規劃提案裡的最大挑戰。透過盤點設計中心自成立以來提出的校園規劃構想或協助的設計方案，從全區規劃、新建提案與既有空間改造提案等，到大大小小的活動場布規劃，在不同尺度規模的案例中，找到設計可以介入的角度，串聯各個提案在校園規劃策略中的連結，讓校園發展在不同時空與諸多層面都能延續理想、實踐願景。

本書將設計中心對於校園規劃的提案重新梳理編排，以五種不同尺度的物件作為歸類依據，再延伸至不同類型提案的概念。五種物件除了尺度大小的區別外，也隱含了連結不同使用者的豐富性與複雜度。

其中，「**桌面**」討論的是日常工作狀態中工作者所需的各種空間，可從最小的工作單元與個人工作空間，推展至相同性質的群體工作空間；「**床鋪**」則從個人住宿的最小單元與需求空間談起，衍生至群體生活中不同程度的公共與私密居住空間；這兩個物件的分類涵蓋了校園中的工作與生活空間的改造與新提案，從尺度較小且較單純的個人工作及居住空間，到放大尺度後有更多不同使用者加入，也增加提案複雜度的改造案例。設計中心嘗試以設計整合使用需求的差異衝突，藉由精煉個人需求的空間尺寸，擴大及區分不同可供群體共享的空間，以及友善的使用者介面，並提出許多可激發眾人想像的核心概念與

情境故事，藉此打破傳統較為單調且功能單一的空間想像。

而「**黑板**」代表了知識傳授的管道與介面，教學模式隨著傳播媒介的更新而變動，空間也應提出可因應的改造策略，更可延伸至教學創新與跨域合作趨勢的討論。除此之外，設計中心的成員也加入規劃設計學院建築系的行列，參與設計教學，將未來的校園想像導入實境的教學體驗中，同時創造與學生的交流平台；「**招牌**」則是象徵校園形象的美學呈現，與對於都市鄰里空間的友善回應，可更進一步討論對內的校園群體認同，除了正在校園中生活的使用者族群外，甚至可創造各畢業校友間的群體連結；對外也能表述學校在社會及國際的整體形象。在這兩類概念物件所涵蓋的提案中，都希望能創造讓人自由交流

的校園場域，透過空間連結不同使用者與世代族群，也更深入探討美感及環境教育與空間的可能。

五個物件分類的最後是以「**榕樹**」來回應集結眾多空間提案後，較大區域的整體規劃方向，以及擴大到城市尺度的永續生態策略，希望能以更宏觀的角度觀看拉長時間後的規劃發展，在持續變動的環境議題中，尋找出可調節或是能夠順應發展的空間想像。校園的未來藍圖應該是集結不同領域的專業，共同提出對於下一個世代的願景想像與生態永續目標，還有大學對於社會責任的實質回饋。當不同的提案接續落實，也必須能串聯上述不同尺度物件中的關鍵理念，以校園永續經營發展為核心思想，逐步實踐與累積，新校園運動的革新才能得以實現。

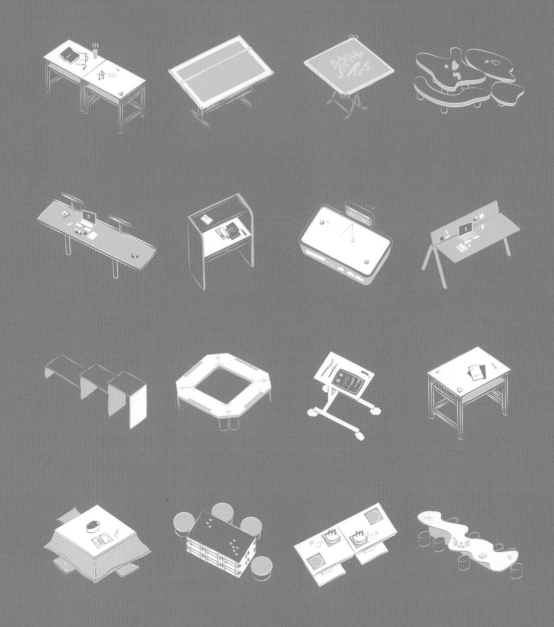

桌面

從延伸單張桌面的邊界開始

桌子是生活中不可缺少的物件。回想一下熟悉的辦公室場景：貼滿便利貼的電腦螢幕占據桌面一角，常用的文具散落在桌上，分類整齊的文件夾擺在最方便拿取的地方；開會時，少不了會議桌；想從忙碌的工作中抽離一會兒，你可能需要張咖啡桌。你發現了嗎？我們在「工作」時幾乎無法脫離「桌面」，而一個人的工作風格與個性，往往也能從他的工作桌面窺知一二。

因應不同的工作模式需求，桌子作為工作空間的基本單元，可以有各種不同的樣貌、尺寸、組合方式，例如規則排列的上課桌椅、風景各異的個人工作桌、簡單輕巧的咖啡桌，或是會議室裡環形擺放的大圓桌等，當桌子的大小、形狀、數量、排列改變，空間的情境通常就會隨之改變。

因此，本章節以「書桌」為題，實則要探討在日常工作狀態中，工作者所需的個人工作空間、群體工作環境，以及不同群體間的介面關係。舊有的工作隔屏，阻擋了視線，也妨礙溝通，可否讓家具的排列組合取代隔屏的功能，重新界定空間？在群體工作的空間裡，改變家具尺度與區隔層次，能否創造更友善的互動介面？我們在一系列成功大學校內空間改造計畫中，嘗試為各種不同的工作及人際互動模式，找到最適切的答案。

作品檔案

A1 大雲平整體空間優化
A2 玉山訪問學者辦公室
A3 設計中心辦公室改造
A4 雲平會議空間升級
A5 考古研究所中庭增建

　　本章節所選取的五件校內辦公空間改造計畫，都是由設計中心負責規劃、整合使用需求，我們也在規劃與執行的過程中，不斷反覆辯證思考，什麼是新時代大學校園辦公空間應有的樣貌。

　　五個案例中，「大雲平整體空間優化」的工作重點在**維持原有空間架構的前提下，改善職員與學生間的服務介面**：除創造同質群體（職員）辦公的共享空間，亦回應與另一群體（學生）的交流，以及不同空間（室內與走廊）的介面關係。「玉山訪問學者辦公室」因應學者短期來訪，如何安排空間，**賦予家具多種功能，使空間可以為不同人而調整使用情境**：兼做白板，橫移在整個空間的滑動櫃門，走道暫時擺上幾張板凳，可以擴充討論區人數，軌道燈搭配家具進行調整。「設計中心辦公室改造」則是將**原有圖資典藏空間，轉化為符合各種情境，可彈性使用的辦公空間**：我們挑戰單人的工作狀態，加入兩人共享的側向桌面，打破傳統辦公室以隔屏畫分工作空間的做法，創造小群體間的討論空間。「雲平會議空間升級」是**因應後疫情時代遠距會議需求而調整的新形態會議空間**：提升軟硬體設備、建置基礎空間電力系統，打破傳統依人數區分的會議室，以排列家具的多樣性創造空間使用的最大彈性。「考古研究所中庭增建」改造案是**因應辦公室編制大幅改變，在不更動舊建物的前提下進行空間擴充，並重塑師生交流的核心場域**：除了創造符合不同群體需求的工作空間，空間條件也由室內拓展至戶外空間，增加更多挑戰與可能性。

　　回到空間本質，我們認為新時代大學校園辦公空間，應能兼顧個人工作效率的提升，以及橫向溝通的順暢，因此在進行規劃時更重視空間的彈性，讓空間中的每個人都能找到具歸屬感的角落，在自己的桌前專注於工作，在共同的桌面上熱絡討論，亦可在開放的空間中輕鬆交流。

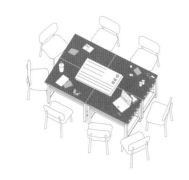

a.

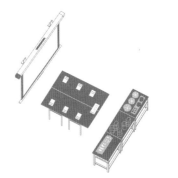

b.

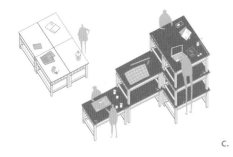

c.

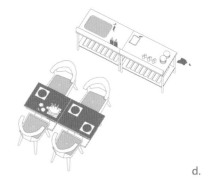

d.

a. 延伸基本單元，擴展桌面，建立群體
b. 創造不同使用者間的合作交流平台
c. 建立群體平台，融合不同族群的介面
d. 不同功能、性質的桌面相互輔助與使用

A1 大雲平整體空間優化

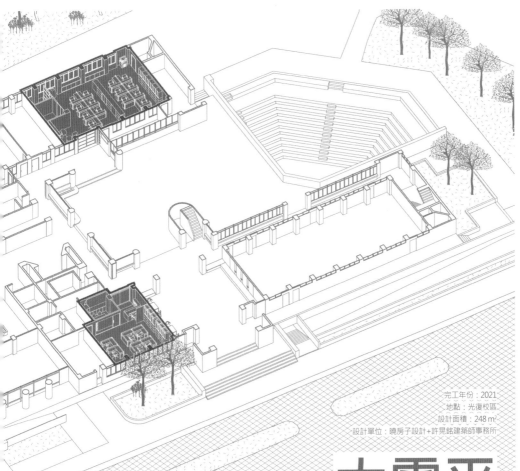

完工年份：2021
地點：光復校區
設計面積：248 m²
設計單位：曉房子設計+許晃銘建築師事務所

大雲平
整體空間優化
Grand Yun Ping Office Optimization

A1 大雲平整體空間優化

> **66** *雲平大樓裡有很多行政單位，很多人會去洽公。單位多，空間就容易顯得混亂，所以設計中心被賦予空間改善的任務，經過討論後決定從最有感的地方開始，就是整理公共介面。* **99**

為各處室創造友善的
使用經驗與空間管理介面

雲平大樓為校本部行政中心，除了是教職員與學生校園生活動線的節點，更關乎訪客與外賓對成大校園的第一印象。因此我們決定從雲平大樓開始進行校園形象的改造，除讓洽公事務流程更便利，亦可達到友善的空間環境氛圍。

首先，我們將雲平大樓的空間使用狀況做了完整的盤點，統整各級處室、會議空間、休憩空間、閒置場域，藉此找出雲平大樓可彈性使用的空間，全面進行規劃與更新；繼而決定將改造計畫聚焦於一樓的空間更新，期待它能成為改善雲平大樓全棟甚至全校辦公空間的酵母，將理念擴展至全校。

01. 友善的空間使用經驗

User-Friendly Experience for Students & Faculty

A1　大雲平整體空間優化

承辦跟學生也能當好朋友

位於雲平大樓一樓的行政單位包括註冊組、出納組、國際事務處、通識中心，平日裡教職員生洽公、等候、諮詢、接待與面談等活動頻繁，空間優化計畫的首要重點就是考量行政流程，規劃整體動線，為各處室整合空間，提升行政效率。同時也建議降低各處室的櫃檯高度，讓來辦事的教職員生能坐在櫃檯前與承辦平視對話，消除過去一站一坐的壓迫感，創造親切友善的服務介面，為洽公過程帶來舒適的使用感受。

通透的空間與視覺體驗

雲平一樓處室原本因為安全考量，門窗開口皆安裝鐵窗。我們認為室內外的視線通透可以增進空間的友善氛圍，因此建議將鐵窗拆除，削弱室內空間的壓迫感，讓使用者能在開放、輕鬆的空間洽公。

"一開始使用單位基於安全考量，都堅持一定要做鐵窗，經過設計中心協助建築師與使用單位多次溝通，加上營繕組從旁協調，使用單位終於願意改變思維，接受拆除鐵窗的建議。多虧了這些討論過程，新的設計想法才有機會被實現。"

A1 大雲平整體空間優化

桌面 從延伸罩張桌面的邊界開始

重新調整燈光後的雲平大樓一樓川堂。
設計單位：曉房子設計+許晃銘建築師事務所

02. 空間化繁為簡
成就更好的開放場域

Simplifying & Streamlining the Public Space

成為放大預算效益的魔法師

　　公共工程總是預算有限，如何精簡並整合個人工作區域，將辦公室的事務機、茶水空間與釋放出的空間資源和公共區域做有效的整體規劃，把錢花在刀口上，做出最有效的分配，是研擬需求時的最大掙扎。我們最後決定整理洽公時的服務介面，將有限的資源做出最有感的運用。

> ❝ 要讓使用者有明顯的感受，就要做對方能體會到的改變，所以我們的目標很明確，就是整修各處室對外的公共介面，也就是面對洽公人士的介面。各處室除了提出自己的改善需求，也要依據自己的需求撥出部分預算，與學校的經費合併使用。❞

整合零碎角落給公眾使用

　　在雲平大樓各處室之間有許多半戶外空間，因未有恰當的管理與規劃，導致使用率不高，成為大樓中的陰暗角落。我們藉此機會將之改造為明亮之休憩空間，讓教職員生在辦公之餘，也能與他人互動交流。

　　此外，各處室出入口缺乏完善的指標與意象營造，導致訪客容易迷失方向，走錯處室，增加洽公困難度。計畫從整體指標系統與燈光設計著手，提供簡潔的告示區域，同時重新整理出明亮顯眼的處室入口，在提升便利性之餘，也為雲平大樓辦公空間營造出不一樣的面貌。

國際學生事務組
International Student Affairs Division

僑生與陸生事務組
Overseas and Mainland Chinese Student Affairs Division

桌面　從延伸單張桌面的邊界開始

03. 校園空間成為美學教育的一環

Harmonizing the Aesthetics on Campus

> *"校園空間的改造計畫，不僅是為學校同仁改善工作環境，同時也具備有美學教育的功能，學生生活在一個體貼使用者的校園空間裡，比較有機會從日常的經驗中，體會並學習到空間對生活品質的影響與重要性。"*

在舒適的空間內學習美

　　雲平大樓在教職員生的印象中，是一棟氣派沉穩的橘紅色建築。一樓處室之間的動線安排也還算流暢。背著背包、手拿待辦資料的眾多學生，在雲平一樓走廊與開放空間穿梭往來，是這棟大樓的日常光景。

　　空間對於使用者具有不可忽視的潛移默化的影響力，所以我們希望校園建築能成為環境美學的載具，讓進入校園的校內外人士，時時處於具有美感的校園環境當中。因此，我們以雲平大樓一樓各處室之間「空間的連續性」為核心概念，著手統整各處室雜亂不一的空間現況，以符合校園意象簡潔、穩重的風格，藉此呈現空間美感，並增進學生對生活周遭的理解與審美判斷力。

04. 用多功能的家具定義使用情境

Defining Scenarios with Multi-Functional Furnitures

A2 玉山訪問學者辦公室
Yushan Scholar Office

玉山學者計畫是台灣延攬國際人才的政策，邀請國際知名學者來台短期居留訪問，進行學術交流。由於玉山學者來訪期間僅有短短一年，因此當學者離開後，辦公室便會歸還原系所使用。如何創造彈性使用的工作空間，使得辦公室在未來移交其他使用者時，可以彈性地轉為其他使用情境，是我們這次設計的課題。

調整宏偉的古蹟為親人的尺度

本次玉山學者辦公室所在的歷史系館為國定古蹟，裝修不能破壞原有空間，樓層淨高達4.3米，現場也沒有天花板，所以我們降低燈具的高度，使空間尺度顯得較為親切穩定。油漆配合木窗顏色，刷上淡淡的棕灰色，並且把空間中最具特色的圓拱窗周圍、踢腳板，漆上深一點的灰色，塑造古蹟中質樸溫暖的感覺。

空間與家具都要多功能

有鑑於歷史系館缺乏小組討論空間，當初設計時便打算讓學者辦公室兼有討論功能。我們將原本狹長的空間切分為兩進：後側定義為學者私人的工作區域、前側則為公共的討論空間。橫跨兩進空間的系統櫃體裝有兩片可以區隔二者的活動櫃門，兼有白板書寫與吸附磁鐵的功能，讓個人思緒與文字遊走橫移在私領域與公領域之間而不間斷。因應不同情境的討論需求，可將櫃門滑動，組成為90或180公分寬的白板，櫃體亦有收納板凳的空間。

05. 符合新時代需求的
校園共享辦公室

Modernizing Shared Workplaces

A3 設計中心辦公室改造
Renovation for the Design Center Office

教學相長的辦公空間

　　校園空間應該以教育與研究為主體，但做為非教學空間的校園辦公室，是否也應該重新檢視單元隔間式的辦公座位配置，提供更有彈性的使用方式，開啟偶然交流的可能性。設計中心成員身兼校園中的教學與行政多重角色，除了負責校園規劃工作，亦須從事教學工作，討論交流是我們的工作日常中很重要的一部分，因此我們把新時代校園辦公室的多元和彈性帶入設計當中，讓中心辦公室能視情境在行政辦公室、教學場域和設計工作室之間自由轉換。運用大量滑動的玻璃隔間，與視線可穿透的層架家具，作為空間區隔的界線，為開放的平面做軟性的分割。辦公室可隨時視需要分隔成進行不同活動的小空間。滑動玻璃隔間亦有張貼資訊與開會、上課討論書寫用途。

開放式平面辦公室也能辦活動

　　除了移動式隔間，開放式的平面設計亦是空間彈性使用的重要設計概念。開放式平面允許更自由的動線，使得辦公室在隔間全開的狀態下，亦可以支援舉辦活動。參加者可以隨意在空間中遊走、交談，讓不期而遇的交流可以真實發生。

桌面，從延伸單張桌面的邊界開始

玻璃滑門界定了辦公室的區域：左側為會議與休憩空間，右側為辦公區域。

最少的動作，最大的空間效益

　　辦公室原本的空間機能是典藏室，如何再利用現有空間元素，做最少更動，就能發揮最大效益，是本案的主要課題。將典藏室的閱覽空間部分保留，做為辦公室的玄關緩衝空間，以及事務設備放置的空間。配電保留將來空間調動配置的最大彈性，未來則以移動式家具因應使用需求。

06. 因應後疫情時代而生的會議空間

Conference Rooms for the Post-Pandemic Era

A4 雲平會議空間升級
Campus Conference Rooms

因應遠距會議而生的會議室

　　新冠疫情急速地改變辦公及會議進行模式，遠端工作、線上會議成為常態，甚至加速行政、管理事務數位化的轉型，在此原因影響下，傳統會議及辦公空間衍生出許多不同的使用模式，新型的設備需被重新設計，並與空間中的舊有設備整合，也須同步升級為更為智慧化的管理方式，讓因疫情而產生的距離不致影響生活的前進。

盤點會議空間提升管理效率

　　雲平大樓是成大行政中心，亦是全校師生皆有機會進出的重要公共空間。本案「第一會議室空間整修」從盤點雲平大樓所有會議空間開始，了解現況需求及現代會議室運行模式，以促進雲平大樓內各處室「會議系統的整合、軟硬體設施介面之空間優化」，統整各會議室的功能與空間風格，增加使用的彈性與應變能力，為全校各層級單位創造更好的使用經驗，並提升會議空間的使用管理效率。會議空間改善計畫以雲平大樓第一會議室作為示範起點，期望能與一樓處室的大雲平空間優化計畫共同營造煥然一新的校園樣貌。

再見了！固定式會議桌

　　傳統固定式的會議座位與桌上型麥克風往往造成使用上很大的限制，現今會議使用之軟硬體都有了巨大的改革，我們對於未來會議的模式也有許多想像，故而想藉此機會改變傳統會議室，

讓空間擁有更多的可能性。我們嘗試擺
脫傳統會議模式的想像，回到會議的本
質，探討會議的目的和需求，會議真正
需要的空間是什麼樣子？真正需要的設
備是什麼？從源頭釋放空間未來無限的
彈性。

> **建築只是一個容器，重要的是裝在
這個容器裡面的軟硬體。現在的建築
設計必須保有彈性，不再是特別為了
固定機能而服務，因為時代一直在改
變，機能也有可能被徹底改變。**

07. 利用擴建
巧妙地解決空間需求

Extention as a Solution for Need of Space

A5 考古研究所中庭增建
Extension for the
Institute of Archaeology

由舊建物改建的實驗空間

考古所位於力行校區台文系館旁，其前身是臺南市市定古蹟衛戍病院幾經變革，目前衛戍病院建築群由文學院的台文系與考古所共用，是成大文學院重要的教學與研究場域。

在文學院裡，考古所是較新成立的研究單位，也較其他系所多了實驗室的需求。我們嘗試重新梳理考古工作的流程：研究人員會先在戶外空間，用水為文物進行初步清理，清理完畢後，文物暫時放置於陰涼通風處陰乾，接著收進室內妥善地歸類保存，以利後續大量研究考證時參閱。因考古研究需要大量的

儲藏空間及戶外工作區域，舊建物的再利用應對到需求功能的轉變，現況空間僅有一處簡陋的鐵皮棚架及一獨立設置的水龍頭能作為考古工作的戶外設施，設備數量與空間顯然不足以輔助考古工作的使用。因此我們站在維持整體景觀的基礎上建議將現有的鐵皮棚架重新設計並改建，使其成為符合考古工作使用的空間，也可以成為文物的暫放區。

延伸到戶外的工作區與
師生休憩空間

考古所所在的兩棟歷史建物中間有一片內聚型廣場。我們嘗試串聯戶外的考古研究工作與原本就會在中庭發生的活動，營造成學院間的交流空間，可不定期舉辦活動、展覽，作為考古所與文學院、成大全校的交流觸發點。

A5 考古研究所中庭增建

力行校區具有人性尺度的院落空間，將有機會活化成為校本部具有歷史特色的戶外活動場所。

早上說招標出去了，要更新一下airtable 上的專案狀態......
歷史系館那棟好像是歷史建築喔，要記得跟營繕組確認一下做裝修的話有哪些限制條件要注意。
使用單位一直提出要在雲平大樓裝鐵窗，該怎麼辦？
營繕組說要請建築系做文資研究的老師給意見。
大雲平空間優化那案，下次建築師跟營繕組的會議，我們要想想怎麼說服大家，用電子設備取代鐵窗的防盜性。

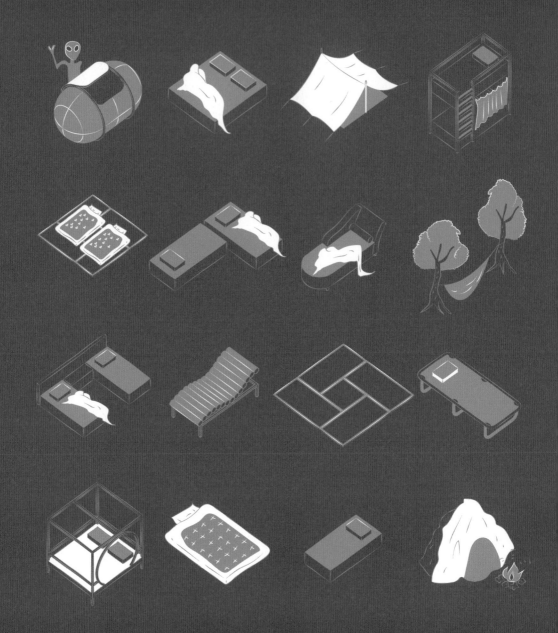

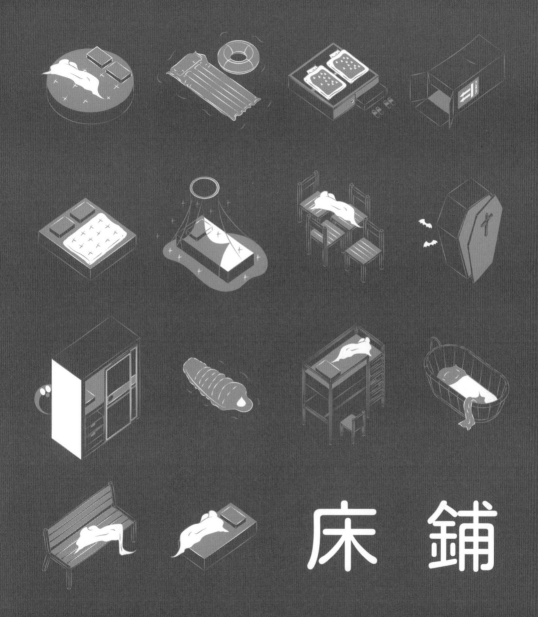

床鋪

從界定個人生活的最小單元開始

回想起大學時光，除了在教室學習以外，「宿舍」充滿了許多課堂外的體驗，更是眾多大學新鮮人對於校園的第一印象。早期的宿舍空間想像，總是希望能在最有限的環境中容納最多的學生，常見的安排是上下鋪或書桌結合上鋪的個人住宿單元重複緊密排列，再由多組住宿群體共同分享適量的起居空間。這樣的想法著重在於經濟有效的配置，卻缺少了群體共同生活的想像。我們覺得大學校園，不應該只是追求知識的地方，也要能探索多采多姿的「群居」生活體驗。譬如室友們睡前的閒聊談心、期末考週一起熬夜衝刺，還有連線打怪的遊戲時間，甚至是不同寢室間的交流活動，都是難忘的宿舍生活回憶，也是構成校園生活經驗中不可或缺的重要元素。

「床鋪」是最能代表生活起居的物件，不僅顯示了個人的住宿模式，透過各種床鋪單元的組合，也可展現多樣的群居空間。我們嘗試從不同情境的設定中，界定出最精簡的生活居住單元，並透過精煉個人的生活單元尺寸，將空間釋放至不同層級的共享單元中。我們想要以大小不同的彈性共享空間，創造群體間不同強度的交流活動，讓宿舍空間不僅能容納多元的校園群居生活想像，甚至可藉由共享空間的建立，將師生的教學情境延伸至其中，讓宿舍也能成為知識交流的地方。因此，本章節以「床鋪」為題，實則要探討宿舍空間如何達到群居生活的想像。

作品檔案

B1 東寧校區學生宿舍規劃
B2 光復宿舍生活紐帶學苑
B3 大學宿舍2050
B4 勝利新宿舍運動
B5 宿舍生活近未來線上工作坊
B6 友善廁所

　　長久來成大宿舍空間老舊、品質待修，經由學校許多處室與設計中心的努力，終於啟動了二十年來第一棟新建的「東寧校區學生宿舍」，以及一系列舊宿舍空間改善計畫。本章節選取了六件與「宿舍生活」有關的案例，從圍繞學生日常的「床鋪」出發，討論宿舍不再只是一張床位的領域，而應該要能開展群居生活的想像，鼓勵學生走到隔壁寢室交流，走到戶外，走入校園與都市。

　　六個案例中，「東寧校區學生宿舍」打破宿舍只是個人寢室空間的傳統配置，**在宿舍創造多樣化的鄰里單元，觸發人跟人面對面的交流**：精簡寢室配置，釋出空間提供與室友共享的小客廳、與當層樓友共用的閱讀吧、與宿舍群共有的討論室、與社區鄰居友好的戶外休憩空間。「光復宿舍生活紐帶學苑」中，我們**鬆動追求床位數量的規劃邏輯，移除地面層寢室改造為公共空間**：整備光復宿舍與前鋒路的介面，以風雨走廊串聯外部空間，創造活動的新場域，迎接台南鐵路地下化的都市變革。「大學宿舍2050」是我們**反思新冠肺炎疫情爆發後，未來大學宿舍的想像**：更有彈性的空間配置，可臨時轉變為視訊上課的公共空間，分流管制不互相干擾。「勝利新宿舍運動」同樣以**提升公共空間品質為課題，重視住宿生細微的日常生活便利性**：改造公共盥洗清潔空間，讓吹頭髮、整理儀容等日常，也可以成為社交的一環。「宿舍生活近未來工作坊」將宿舍的主體「學生」作為意見收集對象：**我們讓學生思考校園中的實際議題，以工作坊的學習模式，參與自身生活場域的空間改造。**

　　我們認為當代大學校園宿舍空間，應該要提出群居生活的新想像，因而鼓勵學生不再局限於個人的生活領域，而是要走出寢室和人群交流，在大學階段嘗試更積極參與生活周遭發生的事情，累積與人相處的經驗，建立人脈網絡，成為一位新世代的公民。

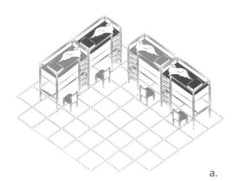

a.

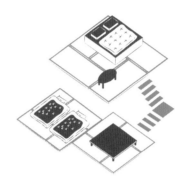

b.

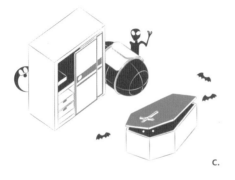

c.

d.

a. 基本住宿單元的組合與串聯
b. 建立不同層級的居住與交流單元
c. 增加不同族群間交流的校園群居生活
d. 走入戶外、校園與城市的新居住型態

B1 東寧校區學生宿舍規劃

Dong Ning Student Dormitory Planning

東寧校區
學生宿舍規劃

預定完工年份：2023
地點：東寧校區
基地面積：7,757m²
設計單位：境向聯合建築師事務所

床鋪 從界定個人生活的最小單元開始

> **"大學首要使命，就是推動社會思想的進步，提供包容性、多元化的友善環境，培養有執行力、領導力、責任感的優質公民。"**

博雅教育融入宿舍生活

興建東寧宿舍除了滿足校內住宿需求，亦代表成功大學邁向當代宿舍轉型的實踐。大學教育目的在於培育新世代公民，除了著重學生的課業表現，更要關心學生的個人發展及群體生活能力，進而將高等教育融入博雅教育的精神。

由於東寧宿舍與學人教師宿舍比鄰，我們試圖在其中引入書院概念，建立與生活相伴的宿舍導師（master）制度，讓師生的交流擴展至宿舍生活；我們希望能打破學院邊界，著重建構住宿群體（family）單元，試圖將宿舍空間營造為傳統學習場域的延伸；透過階段性的工程開發，逐步帶動周邊社區發展，以實現大學應有社會責任。成大東寧宿舍是劃時代的重要里程碑，從生活再造開始，構築一座得以培養學生「跨領域思考」與「社會責任」的新世代生活場域。

床鋪 從界定個人生活的最小單元開始

01. 宿舍是養成
新世代公民的重要場域

Cultivating Civic Courtesy in Dormitories

> **"無論科技如何進步，不會完全抹除我們身而為人的基本需求，人還是需要到戶外透透氣，跟其他人聊聊天、打招呼，真實接觸彼此。"**

建立宿舍的家族意識

東寧宿舍是成大宿舍轉型的實驗場，我們想打破以個人考量為優先的住宿觀念，以博雅教育為核心精神，建立宿舍的家族意識，企圖改善當代人際關係逐漸疏離的社會問題。我們打破學院間的隔閡，在宿舍的地面層設立大型集會堂，作為食堂及師生重要的集會場所；標準層則設計不同性質的交誼空間，以形塑不同家族間細膩的社群認同與歸屬感，創造多元共學的場域氛圍。

這些不同性質的交誼空間具備多元彈性，提供給來自跨院系背景成員組成的簇群使用——有時是考前衝刺的開放教室，有時則蛻變成社團育樂的交誼據點，如此一來，宿舍得以包容多種不同的生活情境，豐富了大學生自然該有的居住樣貌。

用公共空間縫補人與人面對面的關係

隨著科技發展，我們的生活逐漸數位化，卻也漸漸失去與人面對面交流的機會，造成人際關係模式的轉變，大學生的孤獨感受、同儕交誼關係冷漠、缺乏對他人的同理心等新世代的課題遂浮出檯面。因此我們期望透過新型態的宿舍公共空間，重新鏈結起人與人之間真實的互動關係，並從「生活」、「學習」與「群體教育」三種主要層面切入思考，嘗試創造多尺度的交流可能。宿舍不再只是大學校園的生活空間，同時也成為與台南共存的都市校園生活圈，且能夠引導學生在「微型社會」中自我探索與發展。

由林森路望去，可以看到東寧新宿舍留設的開放空間與現有的學人宿舍中庭串聯在一起，結合林森綠園道成為台南市連續的開放空間。

走出教室修習課外的生活學分

東寧宿舍採用了微型社會、群體教育的設計理念，不僅有多樣化的室內公共空間，還有多尺度院落廣場的空間組織型態，我們從人來人往的動線核心延伸出交流共享的公共走廊，突破房間的封閉性，並串聯起共享客廳、鄰里交誼空間、空中閱讀吧與綠化陽台，塑造出不同簇群層次的住宿公共軸帶。

公共走廊打破原有空間的封閉性，將各住宿單元連結為整體，塑造出簇群彼此間活潑熱絡的生活感；鄰里交誼空間位於每層樓的動線節點，讓同儕交流能自然而然發生在日常必經之處；閱讀吧將公共活動蔓延至戶外的綠化陽台，不僅創造出有趣的建物外觀表情，同時也讓風與陽光得以悄悄流入室內。

放下手機好好吃飯談天的食堂

多功能集會堂作為宿舍群體生活的核心空間，以開闊明亮的氛圍迎接熙來攘往的學生與社區居民，期望大家在等待的過程中好好面對面分享時光，重拾人與人交流的溫度，並能在舒適的環境裡享受美食。尤其在後疫情時代的此刻，如此三五好友吃飯談天的場景，更顯珍貴難得。

此外，在創新創業當道的新時代下，亦可作為業師授課前後之招待場所，讓師生間有課外非正式的交流，提供另一種學習場域的可能性。

> **大家聚餐都在看手機，會不會太掃興？先把手機擺一旁，難得見面，我們好好吃飯聊天。**

02. 不管是誰都能在宿舍找到屬於自己的角落

A Living Space where Everyone Belongs

提供多元的居住形式選擇

為滿足校園內各族群的居住需求，我們規劃包含單人房、四人房、六人房等多樣房型單元，亦提供住宿服務組在經營管理上的調度彈性。

宿舍標準層的多人房以「精簡個人、擴大公共」為主要設計概念，每兩組單元共享一組客廳與公共衛浴，創造住宿生更多的跨單元交流，並透過拉門的介面設計保有單元內隱私性，更便於清潔時段的管控；頂樓的單人房型則配有獨立衛浴，提供有住宿需求的研究生更具專注力與隱私性的選擇。

> **學生宿舍的空間設定，不應是自己默默關起房門打電動就滿足，而是要有跟別人一起分享空間的經驗。**

多樣化的鄰里交誼空間

每個多人房的住宿生都能體驗到不同場景的同儕交誼：在房間內有溫馨安穩的室內起居空間，以及與自然和諧相處的戶外陽台；出了房門可以在共享客廳進行家族交流；再往外走入連接各客廳的公共走廊，享受挑空的交誼空間、閱讀吧與綠意盎然的戶外複層陽台。人與人之間產生各種交會的可能，鄰里的人際關係也開始有了不同層次的想像。

我們透過設計手法放大走廊的公共性，讓走廊不再只是無趣的過道，而是置入更多元的活動節點，並創造出豐富鄰里交流的建物外觀表情。從此，宿舍生活不再只能讓住宿生關在房間中自處，而是在公共空間充滿了敦親睦鄰的共享交流。

03. 大學宿舍是社區的好鄰居

Residential Housing Immersed in the Neighborly Community

偶遇社區長輩的老樹下聊天室

東寧宿舍的建築整體配置以「東西向的公共空間串聯」為概念，宿舍地面層引進東邊的公園綠意，創造讓人步行的社區綠軸，並延伸出廣場、綠園、中庭等開放空間，讓鄰里生活與宿舍日常能夠自然交流，同時搭配週末市集、社團發表、工作營等新型態教學模式，透過室內外空間的相互支應，真實實踐東寧校區生活、學習、群體教育的核心理念。我們希望提供無論學生、居民、遊客都能悠遊與休憩的舒適環境，營造出大學城與社區共融的生活氛圍。

在這裡，我們鼓勵學生走出戶外，與長者談天、與鄰居交心、與社區對話，不再只當保護傘下的學生，而是開啟更多「跨身分」的交流與思考。

跟著社區作息的都市空間

未來，東寧宿舍會成為東寧校區的核心，與成大非營利幼兒園、黃崑巖故居為鄰，形塑了成大與都市的新邊界，共構出新的東寧生活圈。我們覺得，宿舍在地面層引入書店、便利商店、餐廳等店面，創造了舒適的帶狀步行空間，一方面滿足學生生活機能，一方面也提供與居民共享的機會，讓彼此間的交流得以發生；藉由建築體隨著高度退縮，創造出二樓的公共露臺，與周遭的街屋相望，形成友善的都市風景。我們期待在不遠的未來，東寧校區能成為與室友共學、與同儕共生、與社區共處及與都市共榮的當代校園典範。

"新建築如何跟周遭的社區融合：開放的二樓露臺，不僅提供給樓上的住宿學生，也能補足現有社區綠地不足的需求。"

床鋪　從界定個人生活的最小單元開始

東寧學生宿舍的共享裙樓與生活平台，提供社區友善的鄰里場所。

設計單位、圖面提供：境向聯合建築師事務所

04. 以帶狀景觀
重塑與台南市的都市界面

Reshaping the Cityscape of Tainan with
Linear Landscape

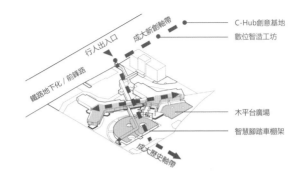

C-Hub創意基地
數位智造工坊
成大新創軸帶
行人出入口
鐵路地下化／前鋒路
木平台廣場
智慧腳踏車棚架
成大歷史軸帶

B2　光復宿舍生活紐帶學苑
Kuang Fu Living Nexus Quadra

率先點亮的校園宿舍新生活

　　成大校園西側因接鄰鐵路，一直都被視為校園的背側空間，順應台南鐵路地下化的未來發展，鐵路將由公園綠地取代，我們認為這讓鄰近的光復宿舍群不再只是校園角落，而能成為與城市接壤的契機，因此未來鐵路沿線的校園將定調為新創軸帶，由北至南分別為「C-Hub創意基地」、「數位智造工坊」、光復宿舍群改造的「生活紐帶學苑」，藉由開放式的公共空間與新創教室的引入，我們期許未來宿舍不再是過往門禁森嚴的居住場所，而是提供學生在此生活學習成長的都市活力泉源。

鐵路地下化的校園新前線

　　台南鐵路地下化之後，原先的成大校園邊界將成為新的都市景觀，我們率先在光復宿舍群進行校園宿舍新生活改造，提供轉型的機會，迎接新興都市公共空間帶來的人潮與活動。我們期待「生活紐帶學苑」，會形成都市活動交流的新場域，並扮演一個能提供緩衝與彈性的介面，是校園與城市之間交流親近的場所，未來可舉辦如成大單車節、社團博覽會等活動，逐漸蛻變為充滿可能的都市新創前線。

"空間沒有呈現可能性的時候，大家想像就會比較貧乏。當木平台先做好，開始有很多不一樣的人進去用後，對校園空間產生了正向的結果，因為大家開始期待接下來還有什麼樣的事情會發生。"

床鋪　從界定個人生活的最小單元開始

已完工的光二木平台空間，原本陰暗的樹下空間經過整理，變成許多人喜歡停駐的校園角落。
設計單位：楊士正建築師事務所／赫陽建築

05. 在校園中
學習本就是生活的一部分
Infusing Learning into Quotidian Lifestyle

"讓你每天經過這個漂亮、乾淨的大廳，注意到大家拿著電腦跟書本，男女同學人來人往，不是穿著拖鞋，而是穿著襯衫。這空間提醒你如何身處於公共場域之中，不知不覺間也會改變自己的教養與眼光，開始注意校園有什麼需要改進的地方，漸漸提升大家對環境的意識。"

把教室帶到學生宿舍區

學生在大學階段不應只是課堂上的學習，更應注重博雅教育的培養。校園作為社會的縮影，我們應該給予的是良好的整體校園環境，從教室學習到住宿生活都舉足輕重。「生活紐帶學苑」除了常見的開放式交誼空間外，我們亦在前期規劃即引入新創教室與討論空間的可能，學生下課回到宿舍時腦中可能有

許多醞釀中的想法，此時一個優良的新創教室空間能提供學生討論、工作，最終產生強大的凝聚力。

由動態到靜態，分區空間屬性

我們針對宿舍公共區的交流活動類型做了不同設定，地面層有開放式的階梯交誼區、適合小群體使用的閱讀吧、餐桌實驗室與新創教室等，宿舍樓上的公共空間，則是由低到高樓層，分別自動態到靜態設置了電競空間、複合空間、閱讀空間等。藉由釐清公共活動的性質差異來做合理配置，讓整體宿舍區的不同角落都可以進行多樣而熱鬧的活動，卻又不至於相互干擾。如此一來不論是團體或個人使用，靜態學習或是交流活動，均能在宿舍生活場域之中和諧地共築一片美好藍圖。

床鋪 從界定個人生活的最小單元開始

光復宿舍群改造計畫，翻轉原本背對校園邊界與前鋒路的配置，創造了將來面對南鐵地下化的新介面。
設計單位、圖面提供：張瑪龍陳玉霖聯合建築師事務所

06. 空間更彈性
以因應疫情時代的挑戰

Resilient Design for Post-Pandemic Challenges

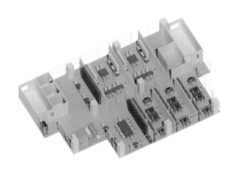
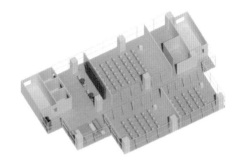

B3　大學宿舍2050
College Housing Looking Forward

讓宿舍生活智慧化

科技發展日新月異，未來宿舍設計朝向智慧化，讓建築能更彈性面對空間增減的需求。在既有的網路、電信等弱電系統之外，期望納入諸如感測系統、分析中心、廣播影音系統、異常事件監測系統、空氣品質監測等智慧技術，塑造機動的、友善的活化建築體。此外，搭配室內獨立的換氣單元與不以單核心分布的公共空間，讓空間可隨著無論親密交流或保持距離的社交型態自由調整，讓宿舍生活更加智慧化。戶外廣場上，搭建一個從建築物延伸出來的囊狀半戶外空間，提供多元情境使用，如餐車、臨時快篩站等重要節點，亦可防止過量的人群聚集，增加管理人員臨時調度的可能性，同時也擁有室內外介面管制的便利與彈性。

引入開放建築思考

我們期望未來的宿舍能與校園共同成長，彷彿生命體一般動態。我們思考如何以通用性的系統配置，提供一個建築原型，讓空間單元得以彈性分割、嫁接、組立，促使我們在面對未來的未知挑戰之時，成為一座可以適應變化的當代宿舍。我們引入開放式建築概念，並以良好的介面設計整合，來增加建築物的生命週期。對於未來宿舍規劃的想法，我們認為應將結構體與服務性等年限較長的空間以矩陣配置，接續發展的空間單元應對未來環境變化保有自由擴充的彈性，如此一來，在疫情時，我們可視情況增加臨時居住單元。

07. 圍塑老師與學生 共享的生活圈

University Life with the Professors

訪問學者也能加入學生的生活

新宿舍的主要理念是營造為與都市共生的新亮點。我們期待透過混居設計的模式，讓訪問學者能夠在來訪時短居，使校園內的共居碰撞出更多火花與新型態的社會體驗，校內研討轉變成為跨越校園邊界的學術交流。我們在建築的不同樓層營造跨族群的活動空間：地面層公共空間定調為商業帶，設立健身房、便利商店等，讓生活空間更為便利；低樓層設計為共同工作的彈性空間，平時以交誼為主，特殊時期則可支援為遠距辦公或學習的分流場所。

宿舍樓下為公共空間，樓上則為住宿樓層，中樓層屬於學生主要的居住與活動空間；高樓層則設定為保有隱私性的訪問學者住所，同時我們也置入舒適的半戶外交誼空間，讓居民的交流仍可穿梭在日常生活之中。

讓知識輕鬆地散布在校園

未來宿舍會延續初期建立的共居生活觀點，我們期望將5G作為知識傳播的重要利器，透過弱電工程整合網路，即時連線影像廣播設備。在學習層面的應用，我們得以即時轉播、觀看校園內的重要演講；亦可讓通識、禮儀等博雅教育，成為校園內自然而然培養出的生活習慣。學生得以透過科技，擁有與時俱進的學習體驗。

我們期待透過分散在宿舍中的「公共單元」，形塑校園內多元自主且去中心化的族群關係。不受科技宰制，而是妥善運用科技成為工具，進一步建立起校園內更緊密的連結關係。

床鋪　從界定個人生活的最小單元開始

08. 串聯多棟舊有宿舍
建立生活群落

Creating a Bond across Dormitories

B4 勝利新宿舍運動
Sheng Li Student
Dormitory Planning

打通地面層空間
觸發單棟之間的橫向聯結

　　勝利新宿舍運動的目標是從改造勝利校區學生宿舍出發，在現有空間中新增本來缺乏的公共空間。本計畫的挑戰是如何在土地利用率極高的校園核心區域增加更多空間，卻又不影響現有為數不多的戶外開放空間。我們反其道而行，不在已趨近飽和的校地新增建築，而是移除現有的部分寢室空間，將鄰近數棟的地面層空間做水平向串聯，創造更多領域模糊的半戶外區域，使得空間使用變得更加彈性、通透，以適應各種活動發生。

　　此外，我們翻轉獨惠單棟的設計策略，將勝利宿舍群拉到整體都市尺度的視角，思考在綜觀的校園整體空間中，要如何觸發交流活動。我們嘗試串聯多棟宿舍的地面層空間，並將空間劃為多個生活聚落，將具有親密感的生活簇群帶入校園生活之中。

打開圍牆拿掉藩籬

　　勝利校區有眾多女生宿舍，早期基於安全的理由，宿舍建築群以圍牆區隔內外。如今建築已老舊失修，我們趁本次新宿舍運動的契機，反思圍牆與門禁於當代的意義，究竟圍牆是保護學生，還是反倒將學生隔離在校園活動之外？

　　倘若想要在宿舍區觸發更多活動，圍牆的形式需要被重新思考。我們提出的方案並非直接將圍牆拆除，而是漸進式地將圍牆轉化為過渡的中介空間，如允許社團擺攤的風雨廊道、視覺上通透的腳踏車棚、機車充電站、早餐車棚等。我們先打開一道女宿區封閉圍牆的縫隙，期待日後進駐宿舍未知型態空間的光芒。

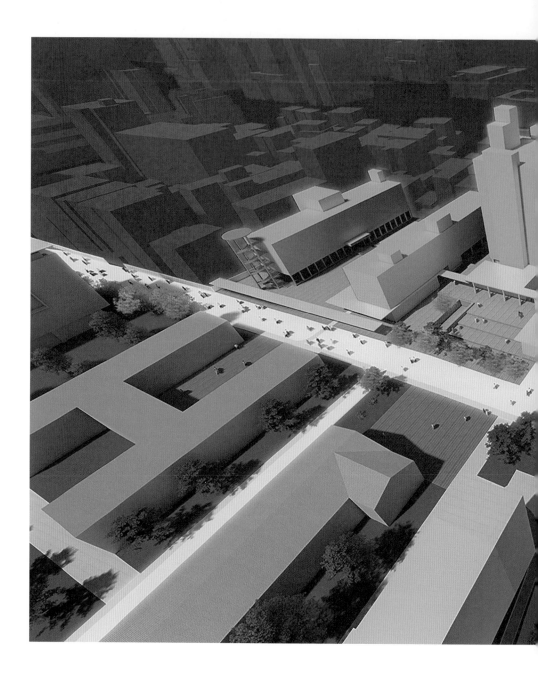

B4 勝利新宿舍運動

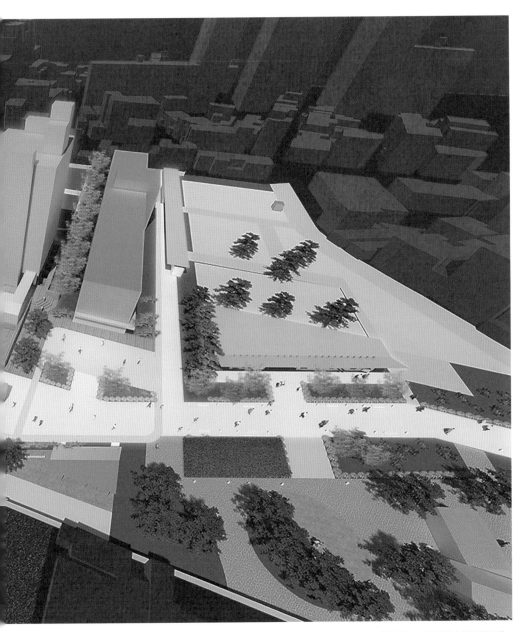

藉由打開圍牆，置換帶狀的活動空間，串聯原本互不相關的各棟宿舍，營造博雅大道的活絡氛圍。

什麼樣的生活日常都值得歌頌

　　勝利校區是成大校史中第二悠久的校區，購地之初便做為教職員與學生宿舍所用。以當時的時空背景，規劃著重於最大化床位數，讓遠赴南台灣讀書的學子，有較經濟的住宿選擇。這樣的想法忽略了宿舍公共空間對學生生活的重要性，這些看似微不足道的洗衣、曬衣、吹頭髮等日常小事，卻是累積成宿舍回憶的重要點滴。我們將有限預算妥善運用：不大肆翻新個人寢室空間，而藉著改善日常清潔空間，讓其更加符合現代生活的需求，有效提升老舊宿舍的住宿品質，並賦予其公共空間新時代的意義。

　　我們觀察到女生宿舍的衛浴空間時常不敷使用，也缺乏幾乎所有女生都需要的：「吹整頭髮」、「梳妝」空間，我們將這些機能加入到各層衛浴空間之中，甚至賦予更多住宿生社交的可能性；各樓層原本零碎的洗衣、曬衣空間，也被收攏在完整的區域，成為一處結合做家事、休憩與等待的交誼廳。住宿生在等待洗衣機運轉的同時，可以彼此聊聊天，也讓日常瑣事增添趣味。我們期許這些新的改變能為過往曾經滿載年輕學子回憶的宿舍，在悠悠時光的長河下，肩負新時代的想像，繼續向未來流動。

❝做作業直到半夜回宿舍的時候，為了吹頭髮不要吵到已經就寢的室友，我只好拿著吹風機到黑暗的樓梯間吹頭髮。❞

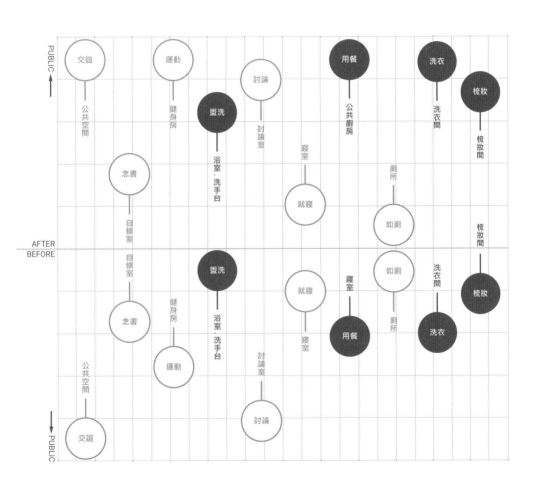

床鋪 從界定個人生活的最小單元開始

09. 傾聽使用者的聲音
是設計的鐵則

Being an Active Listener to the Users

B5 宿舍生活近未來線上工作坊
Sheng Li Dormitory
Online Workshop

讓學生參與校園規劃

　　在勝利新宿舍運動規劃初期，我們舉辦了一場為期三天的「宿舍生活近未來」線上工作坊，招募跨系所同學中曾經住過勝利宿舍群，並且對於學校規劃充滿想像的學生們，共同探討在新時代的校園生活中住宿生的一天，分析使用者遍布在宿舍內外周遭環境的足跡。

　　過程中我們聘請業師教導參與學員，以服務設計的角度如何提升使用者體驗，爾後帶領學員深入訪談勝利宿舍的現任住宿生以及校方的管理單位，釐清使用者的真正需求，以及管理者面臨的問題，更與畢業的學長姐連線，跨國與我們分享國外留學生活的住宿經驗，最後請學生基於這些研究與分析，為我們提出新時代的住宿生活想像，也為後續的新宿舍運動梳理了設計原則。

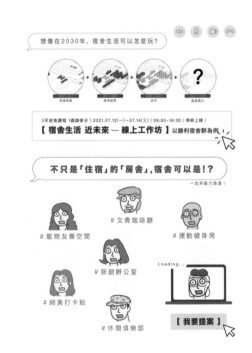

洗晾衣空間

第一欄
- 曬衣服的空間在室內 比起晴八 在半戶外好一點
- 頂樓曬衣空間： 走到頂樓太累 消走查天氣等等 備好各樓層曬衣間
- 頂樓露天空間（曬衣服）使用率低
- 第二段備舊，衛擺曬衣空間佳，設備不佳，就用不到烘衣機
- 頂樓曬衣空間破舊且太近
- 頂樓晒衣場會有人曬棉被
- 一開始曬衣服曬在曬衣場，但會被遮衣服，而且曬不乾，所以曬房間
- 樓層晒衣場 >>頂樓晒衣場
- 第八把垃圾桶和資源回收場放在洗衣房很奇怪
- 曬衣院沒有陽光
- 陽台應該將機能分流 垃圾區 跟洗衣場要分開 不應放在一起
- 日照不足
- 曬衣空間偏小，午子小很密集，不容全部的衣服都別太陽
- 對於曬衣空間偏小，午子很少很密集，不容易全部的衣服都別太陽
- 晒衣場有點缺乏 可能導致收衣的風險

第二欄
- 陽台小 有人會沒拿回去 在宿舍曬 自備曬衣竿 掛在床裡面
- 曬衣空間太小 衣服都是曬在房間裡
- 曬衣陽台很小 在房間裡面曬
- 衣服洗完 晾在房間
- 衣服習慣曬外面 但室友都曬房間
- 曬衣空間不足
- 陽台可使用方式有待分配
- 起初沒用曬衣繩，掛床邊 現在（退學期）掛曬衣繩，橫掛冷氣前，冰箱上方
- 一開始衣服曬在曬衣場，但會被遮衣服，而且曬不乾，所以曬房間
- 洗曬衣空間設備老舊不足
- 曬衣場好小
- 曬衣空間不足且觀感不好
- 洗晾衣空間設備老舊不足
- 常用曬衣間而非頂樓，有點擠但可接受

第三欄
- 晾衣空間不 不衛生
- 曬衣空間屬半戶外 有風的矮牆環境棒 但使用頻率異高 空間不足導致不衛生
- 洗曬衣空間太小 很少人使用
- 曬衣在垃圾旁邊 倒垃圾很方便，而且每天都有人清，不會覺得髒
- 曬衣場很雜亂
- 習慣 烘曬衣 宿舍無
- 烘衣機不是每層都有
- 陽台廊道將機能分流 垃圾區源洗曬衣區不能放在一起
- 晾衣偷懶
- 衣服會不見
- 三天一次衣服一大早洗0700左右
- 洗衣多為11.12.或平日沒課時
- 四個人一起洗衣服 一個禮拜洗兩次 洗衣會有塞車問題
- 之前六七點回去 太多人洗衣服 要跳人少的時間 所以會比較早起

第四欄
- 洗衣機數量不足 需要前陣使用 但沒有明確管理辦法
- 真實有曬衣間的需求，但是曬衣間及洗衣機都位於半戶外空間 洗衣機的供不應求
- 洗衣服都會 太多人排隊
- 排洗衣服 先排隊 可能 被插隊
- 洗衣機太少 一層一台
- 排洗衣機 會用東西占位置 可能會被鄰居 會切掉
- 自己的緣故（搶洗衣機）會退讓
- 洗衣機的供不應求
- 一層只有一台洗衣機一台脫水機 非常不足
- 洗衣會有塞車問題
- 洗衣機太少

宿舍飲食

第五欄
- 跟室友相處 算融洽 (即好幾個小時，尤其是考試、叫FOODPANDA)
- 疫情前通常在外面吃
- 食物房間吃 都可以(除了臭味類食物)
- 疫情前會把晚餐帶回宿舍，也會在外面吃
- 周邊沒有 全家或是餐車
- 會在系館附近用餐
- 早餐車到了
- 光復宿舍週例 住宿生可以快速在全家附近拿到她吃的早餐
- 前一天 先把早餐 買好，一吃 就出門
- 自己跟朋友一起吃 室友多買回宿舍
- 5.看狀況 如果需要討論就買回來吃 不然通常會跑回寢室吃
- 最喜歡宿舍的一件事 販賣機 可以買零食飲料
- 最不喜歡宿舍的一件事 販賣機不能遮卡 而且常常缺貨
- 外食派 再外面吃 (外帶會有垃圾)
- 吃東西要跑好遠，很麻煩

第六欄
- 冰箱生肉 調味料等 就知道有東西 除非現行犯 否則也不能亂連根
- 希望有 公共廚房 鍵室煮飯會擺 走廊都是味道
- 煮飯違規，所以都 買生食偷煮
- 有人偷煮東西
- 公共廚房違煩，如果房間能煮東西比較方便
- 自習的考慮 建議有廚房
- 考試常沒宿舍午餐菜吃要 下午沒課就會回宿休息2h
- 正餐麻煩 到勝後或育樂街
- 商店滿
- 正餐麻煩 到勝後或育樂街
- 希望有 除了飯麵以外的選項
- 早餐通常不吃或是 簡單的喝牛奶、午晚餐的部分受訪者 會在店家附近，室友則是帶回寢室內用餐。
- 宿舍內飲食選項減少，無法有豐盛的享用早餐
- 因為疫情，在宿舍飲食需求增加
- 考試間 避免出去購物 吃乾糧 會訂外送

第七欄
- 處理食物的空間(冰箱、廚房)不足
- 公共廚房麻煩，希望可以使用自煮鍋
- 考試周對宿舍的期待： 希望宿舍有廚房 可以自煮，買東西回來
- 想像中的廚房 現現狀態： 因為有公用冰箱 自己煮不影響別人也行
- 希望有個公共廚房 可以買點熟食回來 加熱 想得自己要 不然都只需吃外送的泡麵
- 已經有公共冰箱 希望以後也有微波爐 或公共小廚房
- 外宿生可行簡單 調理食物滿足臨時需求
- 即時調理
- 希望可以 自煮
- 目前住宿都只能外食
- 希望至少有微波爐
- 喜歡早餐 才出門
- 不太會 當天買早餐 通常是前一天 提早準備
- 因為疫情，在宿舍飲食需求增加
- 期末考 避免出去購物 吃乾糧 會訂外送

第八欄
- 想有公共廚房 微波爐、烤箱 可以烤甜點
- 希望有微波爐可以 加熱食物
- 宿舍不開放可以加熱的電器
- 廚房： 聽四樓廚房外織鏹和排班清潔 但還是會想要
- 廚房備著要額外織鏹和排班清潔 還是想要
- 可能需要其他像是廚房的設施
- 最想改造的地方 簡易廚房(微波爐或烤箱) 在公共區域即可
- 希望可以自煮 但約公有專大的廚房且油煙會有疑慮 (簡單微波清潔就可以 所以無法達成)
- 有廚房 不一定比較方便 要花時間整數擺理廚房 個人需求不高
- 處理食物的空間不足
- 公共廚房，感覺應個 需要新才會有人想去用
- 平時8點起床，沒有 太多時間吃早餐
- 疫情期間通常叫外送

床舖　從界定個人生活的最小單元開始

B6 友善廁所
Gender-Neutral &
Religion-Friendly Restrooms

"當建築師面對未知的議題，要實際去了解、做民調，不追求潮流，所有的設計應該從本質出發，議題為輔，才能真正有所改變。規劃討論時不該僅止於空間上的著墨，應含括更廣的層面去探究。我們認為性平廁所基本定義是延伸一個屬於自己隱私的上廁所地方。**"**

設計應建立在溝通之上

成功大學做為一所享譽國際的大學，承接來自國內外教職員生共同學習與成長之責任，我們期望校園對於許多不習慣台灣文化的使用者來說，是一個多元友善且共融的場域。

校園規劃中面對到性別平權、宗教與異文化等議題時，決策者不應追逐政治正確的風潮，設計出不合時宜的空間，自己關起門來盲目地討論空間的調配或改建。反倒應先回歸到使用者真正的需求，釐清問題本質，探討造成不便的起因，經過充分溝通，在各方都能理解後，最後才以設計的角度整合，並賦予一個可實踐的校園願景。讓友善不只流於口號，而是真切地改善使用者的體驗，也更朝理想校園邁進。

床鋪　從界定個人生活的最小單元開始

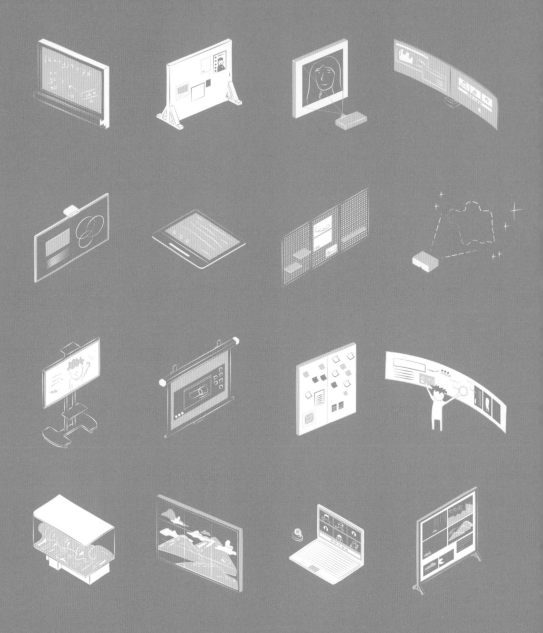

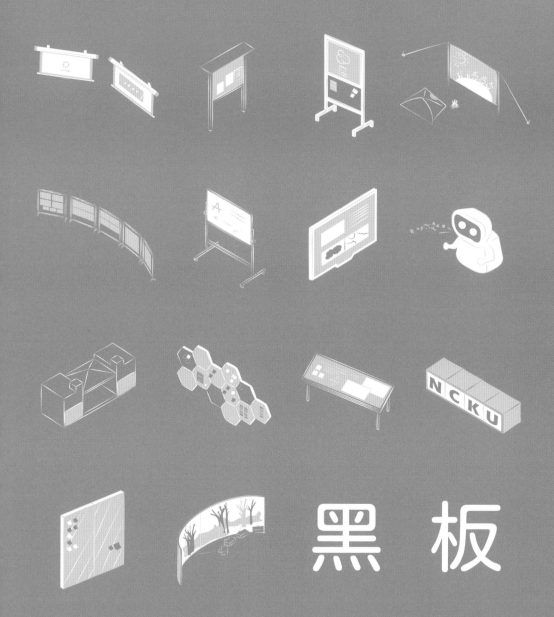

黑板

從打破單向的教學模式開始

教學模式一直是形塑校園空間最主要的影響因素之一，隨著知識傳遞的方式改變，校園空間也與時俱進。過去在中世紀歐洲教會學校裡，教學方式是給特定對象的單向傳播，經歷百年來科技及觀念的變革，今日我們已能從多媒體、網路頻道等無邊界的網際網路中，即時獲取解答並吸取新知。學習的方式，漸漸不再依賴書本，也走出了教室，只要透過適當的管道及介質，任何地點都可成為教學的場域。教室空間脫離傳統印象，取而代之的是更彈性、沒有實體邊界的空間利用模式。

「教學」不再局限於教室裡的老師與學生之間，也發生於課後的同儕之間、團隊之間，甚至人與環境之間。知識傳遞的介面也從傳統可清楚書寫，卻只能單向傳遞的「黑板」，逐漸發展至眾多可供觀看、閱讀甚至雙向溝通的電子面板。

因此，本章節以「黑板」為題，我們試著重新定義「教」與「學」的介面關係，從單向交流黑板到可多向溝通的電子面板，藉由重新分割、衍生不同的畫面，連結多元的使用者，進而提出對於學習空間的新想像。卸除了教學邊界的新型態學習空間，應該是可涵容不同的專業領域多方交流與溝通的場所，透過科技的輔助，鼓勵自發性的學習，讓教學的想像回到最本質的討論。如同建築師 路易·康（Louis Kahn）曾提到的：「學校始於一棵樹與樹下的人們，發言的人不知道自己是老師，聆聽的人不知道自己是學生。」透過提問、反思與持續地傳承與交流，一個符合新時代需求的教學空間將因此而建立。

作品檔案

C1 成功創新中心旺宏館
C2 成功創新中心未來館
C3 建築系核心空間改造計畫
C4 產學創新大樓
C5 地科系博物館
C6 台語文化放送塾
C7 東寧教職員舊宿舍再利用

　　本章節選取六件成大校園的規劃與改造案件，我們藉由這些教學空間的改變，探討高等教育未來發展趨勢之所需與創新可能。

　　成大創校以來，培育以傳統學院為分野的專業教育養成，累積許多重要資產。在面對未來自動化與科技生活的挑戰，成大人秉持「創造」精神，除了原有的專才培養，更需要跨系、跨領域的專案課程，透過院長和導師的制度，來共同支持「跨域創新」的教學空間。建立中的成功創新中心：包含「旺宏館」與「未來館」，作為跨領域學習的實踐與延伸。**透過專案導向的學習方式，來連結全校院系所間的師生**，一同創造新思維，藉由新趨勢活動，作為孵育新一代成大人的跨域創新中心。「建築系核心空間改造計畫」，打開既有系館牢固的隔間牆，置入高度彈性的隔間系統，**賦予空間適應各種使用情境的可能性。**「產學創新大樓」是校園對外的產學合作場域，建築的沿街面作為新創交流空間，**內部除了不同單位的連結之外，更強調空間共享的試驗。**「地科系博物館」改造原有物理實驗空間成為中小學科普學習空間，**提倡友善且美觀的科學展示可能，讓美學也可以融入到科學展示中。**「台語文化放送塾」提案，是針對文學系結合台語電視台製作空間而規劃，我們選擇在**校園角落創造新門面，並適度回應校區內歷史建物，讓教育與社會公共交流共同呈現**，進而影響更大群體的社會大眾。

　　回到教學本質，我們認為未來人才著重於定義問題、找尋答案的能力。在面對多變的環境，該如何讓黑板上習得的知識能夠被更大化地應用與實踐，並培養終生學習的技能，成為未來學習模式的重要方向，如此一來，學習不僅止於黑板，將會從教室、校園，延伸到整個社會。

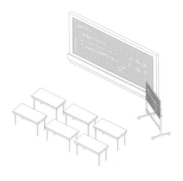

a.

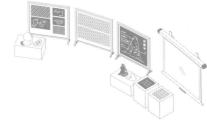

b.

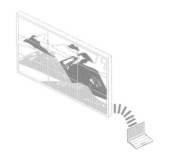

c.

d.

a. 基本學習管道與介質的利用
b. 創造更彈性、雙向交流的教學場域
c. 邁向沒有邊界、科技智慧化的學習場域
d. 高教未來跨域創新、自動化的新想像

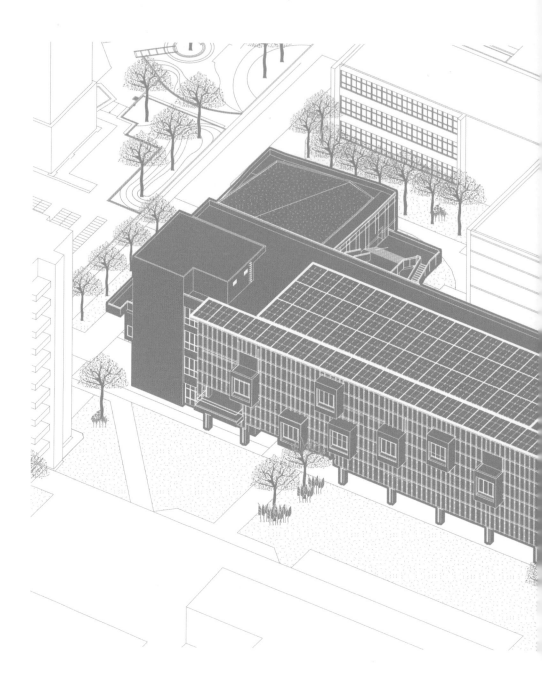

C1 成功創新中心 旺宏館

預定完工年份：2022
地點：勝利校區
基地面積：23,000m²
設計單位：九典聯合建築師事務所

成功創新中心
旺宏館

NCKU Innovation Center Macronix Building

C1 成功創新中心 旺宏館

66九大學院是成大專業教育養成的重
要資產，未來科技的挑戰需要新型態
跨域創新的空間來培育人才，透過院
長與導師制度來支持整體運作。**99**

打造跨域創新之全新學習場所

　　未來校園「教育創新」目標，朝向
研究卓越、社會責任邁進。近年來全球
高等教育改革風潮的主軸，以「博雅」
教育作為未來人才目標，高等教育創新
不僅將教學從個人的實踐轉變成為社群
的研究活動，更表現出教與學的創新是
未來大學教育的核心。跨領域教育將成
為未來教學課程的主流，也是台灣與國
際接壤所不可或缺的教育基石。成功創
新中心旺宏館，緊鄰市定古蹟成大舊總
圖書館，將成為校園新地標；北向面對
成大博物館、格致堂，直迎工學大道；
南向面對規劃中的勝利宿舍改造與勝利
藝文廣場，成為承先啟後的知識核心，
站在歷史軸線的端點，訴說著成大的現
在與未來。

01. 高等教育之趨勢
以培育跨領域之人才為重

Cross-Disciplinary is the Trend in Higher Education

因應時代趨勢之教育發展
更應培育T型人才

高等教育，除了培養專業技能與學習學術研究方法以外，還需要關注學生畢業後如何與產業界銜接。近年來，業界逐漸從過去只單純強調專才，轉向對於通才的需求，因此國內各校也開始關注博雅教育的內涵精神。博雅教育（liberal arts）起源為古代西方培育通才人才之教育理念，許多學生在進入專才培訓之前，都經歷過博雅教育訓練其文理通才的辯證能力。與通識教育不同的是，博雅教育強調師生之間互相學習。未來高等教育不再以研究單一領域為主，更具備理解其他領域之思考模式的能力，進而激發用不同觀點思考所帶來的創新可能。

跨領域教學的實踐，在國內外都有不少案例。例如：紐約大學迦勒汀個人學習學院（NYU Gallatin School of Individualized Study）以客製化學習鼓勵跨域，支持體系以增強專精能力；布朗大學（Brown University）的開放課綱（Open curriculum）相信學生能獨立自主規劃學習主題與方向而授權其自由性；史丹佛大學（Stanford University）則在 Clark Center 裡以實體大樓的空間設計，增加碰面與互動機會，做到三核心學院的跨域交流；紐約帕森設計學院（Parsons School of Design），則在課程設計中鼓勵跨領域思考，以大一不分系方式讓學生在決定主修之前多接觸各類型課程。這些案例都是台灣高等教育可以參考的模式，而成大已在不分系學程中，示範跳脫傳統學院框架的可能，

讓學生自主選擇議題與主修，主動探究問題並解決的過程，是未來社會的創新基礎。校內更有許多跨域教師合辦工作坊、微學分課程，以實務的議題作為教材，讓學生可以參與跨域團隊合作的經驗。這些教學嘗試都是成功創新中心跨域教學的基礎。

66 *「T型人才」是跨域合作的前提：有專業技能，也有廣度認知與興趣。***99**

以人為本的校園智慧化

當代科技社會，舉凡Airbnb、Amazon 到迪士尼樂園，消費模式已經從傳統商品銷售提升到體驗經濟，消費者不再只是為了商品本身而消費，更追求優質的體驗與服務。大學校園作為知識的載體更應妥善運用科技的力量，讓師生得以更有效習得全面的知識。我們認為「智慧校園」的意涵，不單是設備與軟體的採購，更需要整合使用體驗。我們要追求的是智慧化的校園生活，呈現在流暢的服務體驗之中。倘若能夠站在使用者的角度出發，學校就能在資源與預算有限的前提下妥善規劃，打造智慧校園。

設計思考的核心價值是以人為本，透過深度理解需求做為尋求創新解決方案的討論。因此，我們邀請同為成大建築系友的業師林佑達老師，共同擬定一系列體驗設計研究計畫，對師生做深入地探討，以制定未來校園跨域合作空間之參考準則。希望能在校園資源限制中將優點放大，讓更多學院內的好點子跨域合作，並且能以更全面宏觀的視野來思考。

02. 跨域共創場域的體驗設計原則

Program Principles for Cross-Disciplinary Space

"透過親眼看見、親手處理，踏進去了解困境。解決問題是無分領域的，專業知識都是解決問題的工具。"

為了理解目前成大師生對於「跨域」內容與「共創空間」的需求，我們從四十五位自願受訪的學生當中，挑選了七位不同年級、系所、性別的學生，以及兩位在經營跨域內容方面具備豐富經驗的老師進行深度訪談。

我們將整個跨域共創空間的使用體驗，分為幾個階段：建立認知、評估與預約、參與或使用、參與後四個階段，並將重要的發現與機會點整理如右圖：

	AWARE 建立認知		EVALUATE & BOOK 評估與預約
USER 使用者	「探索其他興趣」是同學們選擇「跨域」內容重要動機之一。	各類課程與活動資訊分散在各系所，也缺乏參與者之間互動的機制。	「不知道自己不知道什麼」是普遍當同學跨出自身專業，即面臨到的難題。
	工作坊對學生的誘因，包括獎金、業師或企業知名度、新鮮感等。	不同系所師生對於「跨域」的先天積極度不同，獲得補助資源的程度也不同。	現有共創空間有總量不足、開放時間不足、申請流程繁瑣、規範不一等痛點。
	跨域仰賴自主驅動、解決問題為導向，必須從實作中學習。		
OPERATOR 管理者	透過與其他系所的高層合作工作坊，有利於推廣。		「T型人才」是跨域合作的前提：有專業技能，也有廣度認知與興趣。

跨域共創空間用戶體驗洞察

缺乏整合的空間資訊，或不知道有租借系統，無法預先知道空間可使用性，不方便。

許多空間租借限於本系學生，不利於跨域協作使用。

過多的限制會降低使用或租借意願，如限制討論、限制飲食、規定人到齊才能使用等。

團隊合作時會需要小組討論，也會需要各自工作，交替進行。

需要多種不同大小的會議室，且具備幫助討論的設備如白板、投影、大桌、可移動座椅等。

遠端討論時，仍賴有效的協作軟體與環境。

室內環境氛圍方面，學生們普遍關注燈光、聲響，以及空間舒適度。

對個人工作區需要空間充足、舒服、相關設備如電源，且普遍期待半隔開的開放式工位(Hot desk)。

列印是很頻繁的需求，應更簡易快速的使用(現況需要購卡儲值才能使用)。

期待工廠提供自助使用的小型設備，無需每次申請，並能接受按使用量收費，如3D列印。

太安靜的空間不適宜討論、太熱鬧的空間不適宜專注，是共創空間的兩難。

儘管空間應該是所有人都能租借，還是存在隱形的使用優先級，如老師vs學生。

一些共享空間的規範存在討論空間，如不允許擺放個人物品、家具不舒適不適宜久待等。

期待有更多形式的分享空間，可舉辦演講、分享會、招募會等。

需要「社群管理員」的角色做協助與引導。若由使用者擔任，能更有效提供其他使用者所需的幫助。

需要電話小間(phone booth)，方便講電話或私密討論。

對公共區域的資源設備如中島、茶水間、販賣機等，擔心被霸佔或缺乏管理照顧。

認為休閒區簡易即可，畢竟娛樂休閒有其他更多選擇。簡易茶水區可提供小家電、販賣機等自助設備。

認為共創空間主要是為了小組討論，而非個人工作用。

工作坊成果缺乏展示的場域，並且成果和經驗難以累積，造成資源反覆消耗。

跨域創新的場所，需要有主責的單位與明確的方向，確保有效執行與交接輪替。

與眾多利害關係方達成共識，形成規範，並由各方嚴格遵守，才能確保空間的管理。

團隊合作需要平等的環境，讓技能與經驗互補。如理工vs文科、老師vs學生等。

開放區舉辦活動時，可幫助聚集人氣、鼓勵參加；非活動時間也鼓勵休閒或午餐，提高團體租借意願。

需要經營社群，社群成員包括空間營運方、使用者，也可引入第三方合作夥伴。

衡量跨域共創空間成效的指標包括空間使用率，也可考慮追蹤個人或團隊的成長或社群連結度(如既有獎學金制度的延伸)。

透過與共創空間使用者、經營者的訪談，我們總結出成大的跨域共創空間應該遵循的五大原則：

原則一：清晰的願景與責任歸屬

> *因為具備清晰的願景，當有人員離開時還是能持續運作下去；對於角色、單位也有明確分工，杜絕執行時三個和尚沒水喝的窘境。*

經營共創空間，本身就是一場創新實驗。跨領域空間的內容營運與管理，因為需要跳脫傳統的領域學科框架，需要組織者與管理者大量的居中協調、發想、策劃，甚至過程中各種試錯、不斷地調整與驗證。從訪談中我們了解，一個被賦予「跨領域」、「共享」特質的場域，如果缺乏負責的主要角色，容易讓使用單位各自為政，造成僅有空間的「共用」而無內容的「共創」。

如果要成為一個全校性的跨域共創空間，首先需要建立共同的願景和目標，並在此共識下，委任專屬的管理營運團隊，確保其擁有高度的自主性、決策權，且具有持續創新與修正的動機。此外當主要權責單位明確，也利於空間使用者進行業務接洽、反饋建議、服務諮詢等。

原則二：制定公平的共享機制

從訪談過程中發現，即便是立意良好的共享空間，實際運作時往往會排除特定對象或先預設隱藏的使用順位，例如：優先租借給同系所學生、優先借給老師而非學生、私自占用、資訊不完全透明等現象。

為確保共創空間的公平性，我們將空間使用規範透明且清晰化，並善用數位工具，將空間與活動資訊公開，減少租借時的人為主觀審核的落差。

原則三：確保使用流程簡便

從訪談中我們得知，目前校內的共創空間各自有不同的租借與使用規範，這些規範一方面降低了使用者的租借意願，一方面提高了使用者的資格門檻，例如繁瑣的申請流程、禁止飲食或交談、人數到齊才能使用等，即便是簡單但高頻率的需求，比如說列印，也會影響使用者的體驗。

共創空間的租借與使用流程應該儘量簡化，包括資訊查詢、預約、進場、空間及設備使用。從租借直到離開，都要以使用者體驗為依歸，而非追求管理方的便利，流程中儘量減少不必要的斷點或阻力，才能讓空間頻繁被使用、運作起來更有效率。

❝不直觀的申請流程、不能預先得知空間借用狀況、各空間規範不一也缺乏整合資訊，是讓人走進跨域空間的屏障。❞

原則四：符合彈性與多樣化的使用情境

❝半開放的隔板可以讓更多人看到活動，輕鬆無壓力地加入討論。❞

跨域共創空間的核心訴求是「協作」與「共創」，因此，我們希望創造一個多元而高效率的討論空間，會依據工作性質、團隊規模、團隊文化等差異而有所區別。我們認為，完善的討論空間應該有不同的規模，內部擺設可採容易移動之家具，並確保其中都備有協作工具，也應提供相應的線上協作環境，以供遠端會議使用。

當討論到需要專注或是需要交流的空間分配，從受訪者的協作經驗中，我們得知，團隊協作往往會在高專注度的「生產力空間」和較輕鬆開放的「討論

與激盪空間」之間切換，因此跨域共創空間的整體布局，應確保使用者能高效率地就近使用與切換。

最後在公共區域，透過創造更多非正式、半開放的交流空間，可以促進不同使用群體之間的交流互動，也有助於展示各類活動成果，創造更多可能性。

原則五：社群平台化的經營模式

❝現在的公布欄缺乏與師生之間的互動，如何全面地提供資訊給需要的人，就像是經營咖啡店，老闆魅力以及與客人之間的互動都很重要。❞

跨領域的學程或工作坊需要參與者更加主動，但因為每個人都有不同的興趣與專業背景，往往在參與跨域項目之初，會遇到「不知道自己不知道什麼」

的障礙而受挫，因此營運團隊除了管理空間，也應扮演「社群經理」的角色，提供個性化的深度引導，協助使用者能更快速連接相應資源，甚至對其跨域工作提供建議。

除了建立營運方與使用者之間的連結，也應致力於搭建參與者之間的橋梁，讓更多跨域協作者能產生有機互動。這仰賴持續地社群經營和追蹤，也需要串聯實體空間與線上互動。

根據五大體驗設計原則，我們因此針對旺宏館的「空間」、「內容與服務」、「管理與營運」三方面，提出以使用者為核心的體驗策略，在接下來的篇章說明。

03. 跨域共創空間 設計策略

Design Principles for Cross-Disciplinary Space

多用途、多層次的公共場域 兼容多樣交流活動

資訊遍布的年代，學習不再是過往看著黑板單向授課，隨著設備技術創新、資訊發展突破，學生有更多接收資訊的管道，教學方式勢必要跟著改變。師生互相學習，多向交流成長，提高彼此的參與度，也能讓課程更加適性。

開放討論與專注工作區鄰近設置

培育跨域人才可用專案導向之課程設計，結合產業實務議題，讓學生具備面對真實問題的敏感度與解決能力。空間上以開放討論區與專注工作區相互配合作為設計基礎，提供二十四小時、彈性活動、多功能教學及討論空間。

討論室提供多樣化家具， 完善軟硬體設備

"跨域賦予了老師與學生更多元豐富的學習生活型態。"

校園周遭許多讀書的空間，從宿舍、咖啡廳到圖書館，都能讓個人面對知識專注地對話，但卻缺乏鼓勵討論交流的場域，若成為可以說話、可以飲食的圖書館，讓所學得以被激盪討論，讓思想可以在一來一回的互動中，建立新的論述可能性，創意便能在不經意之中，暫時離開手邊工作吃飯或休息的時刻，萌芽發展。

要鼓勵創新思考，就不能忽略萌發創意場域的重要性。傳統教室與圖書館都是單向溝通，若學生下課後，在回到各自宿舍持續進行單向思考前，能有一

個緩衝的中間地區，讓白天所學所聞，可以在討論中提升到更高的層次，經過試驗與實踐，最後呈現展示與記錄，這會是很寶貴的教學模式翻轉。

在建築概念方面，因使用需求可能隨著時間調整，可考量訂定適當的柱子距離，讓未來不同類型的活動都可發生在這個空間架構中。若是要改建既有空間，為了不影響原結構，也可用彈性隔間、模組化家具的想法，搭配不同單元，達到開放、隱蔽、可大可小等多樣需求。我們認為，需注意收納空間與場地歸位的原則，以方便大型活動調整場地後，使用者仍能復原為常態使用情境。在家具挑選方面，也建議考量整體色系與風格，色調可以灰階方式做主調，搭配局部活潑色系，就能在不雜亂的情況下，達到畫龍點睛的效果。

勇於實驗未能實踐

我們仔細盤點校內空間後，發現對於實驗性表演、交流場域相當缺乏，為成為「完全大學」，我們認為理想的學習環境，應可以多嘗試不同的情境體驗，例如說學生發表與大師對談不是只能發生在國際會議廳，讓教學、交流皆可在演講廳以外的場域發生，如TED Talk 的論壇，讓觀眾更能貼近講者舞台以探究大師演講魅力，空間場域不僅滿足表演藝術實驗劇場的需求之外，仍可成為國際論壇交流場域；又如招募會模式的場域，獨自設立攤販，讓感興趣的師生可以自由穿梭地參加有興趣的主題，創造更多的交流機會。

想像新舊空間對話，川堂中，學生活絡討論所學，激盪新想法。

04. 跨域社群平台內容與服務

Community Management Principles for Cross-Disciplinary Space

> *在跨域團隊合作中，每個人都有可以被看見的特質與能力，透過「社群經理」的引導、互動甚至是媒合，在工作開始前互相分享專長，能讓團隊發展更為凝聚。*

讓最了解需求的社群經理提供人性化的服務

因為跨域空間的使用人群多元而需求不一，使用者剛開始進入場域時會期待有專人的引導和協助。借鏡國內外新興的共享辦公經營模式，我們希望引入「社群經理」（Community Manager）的概念，以有溫度、有趣的「人」而不是單調的「前台」與使用者互動，因應場域內各類需求和突發狀況提供人性化服務。社群經理的角色，也可從學生與場域使用者群體中招募，因為熟悉跨域協作的人，往往更能夠了解場域內使用者的需求，再加上策略性地積極經營模式，有助於建立更強大的社群連結力。

提供線上空間預約與活動資訊

將場域內的各類空間與活動內容整合，透過線上平台方式提供資訊，讓使用者得以透過電腦或行動裝置更輕易地查詢、預約、報名，並與實體空間的數位接觸點連動，如電子門禁、會議室平板螢幕等相關設備，讓用戶體驗線上到線下保持一致，無縫銜接。

線上整合服務也有助於營運單位定期檢視空間使用效率、活動類型、使用者參與度等相關資訊，並作出即時而有效的調整。

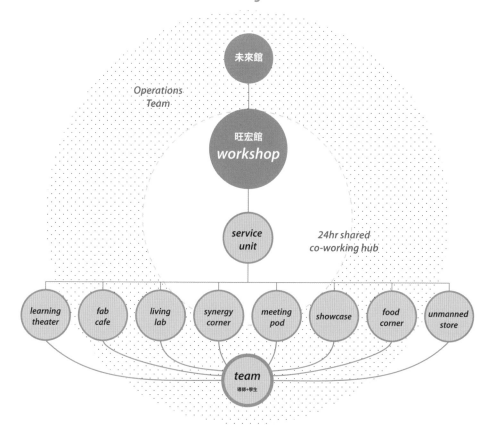

設計中心在規劃階段發想之機能構想圖，試圖在串聯不同導師、學生組隊之共創空間需求建立一生態系。

> **"**智慧化的目的是為了保留空間的彈
> 性,讓它更能應對臨時性的變化。**"**

引入業界專業領域的
第三方知識與趨勢

　　跨領域共創常需要仰賴「議題驅
動」,而多元的議題和領域知識,來自
於多樣的合作夥伴,如在地的各類開

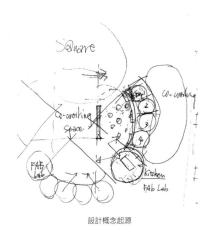

設計概念起源

放社群、國內外民間組織、企業冠名贊
助等,可充實場域內活動的多樣性,也
透過引入合作夥伴,將其品牌影響力與
既有社群帶進跨域空間,擴大場域的受
眾,也開創校內師生更多與外部激盪火
花的機會。

線上、線下多樣的展出成果,
同時歸檔記錄、累積經驗

　　在網站與實體場域中預留活動成果
展示空間,由營運團隊記錄場域內各類
活動,也鼓勵場地租借方提供活動記錄
與成果,作為展示用。亦可與校內其他
展示空間合作,協助合適的內容在校內
其他空間展示,提高能見度與互動性。

05. 永續經營的
管理與營運策略

Sustainable Operating Principles for
Cross-Disciplinary Space

建立完善的成效追蹤機制

「經營一個包含空間營運方和使用者的社群，亦可引入業界專業的第三方合作夥伴，創造一個有效交流與檢視成果的平台。」

談到跨域共創空間為師生所帶來的成效與影響，我們希望能建立一個追蹤平台或是資料數據庫，初步先直觀地記錄使用成員進出各空間的使用頻率、時間段等，而後加以分析成員的組成、活動內容及使用模式等，並且觀察各社群之間的連結，設法減少會使交流活動降低的各種可能，透過「物理方式」移除空間的不便及「化學媒合」社群經理的企劃或引導，讓合作活動能最自然地在場域內流動。

我們也引入業界專業的第三方合作夥伴，創造產學合作的可能，也利用獎學金等機制去追蹤成員未來發展的脈絡，透過不斷的分析累積與修正精進，完善我們對於理想跨域空間的想像。

提供24小時的使用時間

當學生與老師越來越重視跨領域的學習，跨域共創討論空間的使用需求就日漸增加，如何讓學校在有限資源裡最高效率使用空間成為重要課題。學生白天多有各自的課程，課後有不同作息及活動習慣，倘若只考量管理單位的方便就限縮空間開放時間，恐怕減低其彈性與參與度，失去開放場域的美意。

首先我們希望能建立良好的規範，培養營運方與使用成員之間的信任與默契，在管理與使用之間取得平衡。全時段或是彈性時段開放促使更多活動能更

無限制地發生，進而提升場域的使用效率，並利用學生證串聯門禁以增加安全管控，達到維護空間管理品質的目標。

　　未來在實際執行上，建議可分區逐步開放較能落實管理，觀察成員使用熱絡程度來調整營運方針，並積極與學生使用單位溝通以修正規範準則，促成良好的雙向互利關係。

"打造一個到夜晚還是很明亮、活躍的地方，讓人沒事也會想要進去繞一繞、看一看。"

弱化階級感，鼓勵多元共享

"在這個場域，我們一起在同樣的平台上分享創意，也共享資源。"

　　在資源以及空間有限的校園中，我們希望跨域共創場域的使用對象，能夠一視同仁採「成員制」，只要是成大的教職員生便能申請成為「成員」。成員能預約和登記，透過公平秩序原則共享場域內的各個討論間、座位抑或是軟硬體設備。

　　我們想透過這樣的方式弱化講師、長官、研究生、大學生等各種階級給人的無力感，打造一個平等且友善的交流平台，更鼓勵業界第三方、跨系所、跨身分的成員進到場域內，站在自己專業領域上為團隊貢獻，尋求跨界的交流，期待能透過交換觀點，激發無限創意。

C1 成功創新中心 旺宏館

以下沉廣場創造可與戶外景觀融合，且兼具空間圍塑感的學生集會、活動場所。

06. 校園空間設計形成場域呼應之簇群

Campus Building Clusters Defining Education Field

前店後場作為成果累積與記錄

　　教學發展重在經驗累積，不但從過去中學習，更能夠記錄嘗試失敗的過程作為未來參考的依據。過去成大校園中不乏各類型的跨域創新實踐，從學生自發學術社團，到師生共創的研究成果，若沒有恰當的場域展示這些累積，大學新鮮人難以體會其重要性或是作為典範參考，這些展示也將歸檔在新創校園的示範場域，以作為迎接未來挑戰的創新發想。

　　在場域規劃上，成功創新中心是一座園區，位於工學大道教學研究軸線、大學路都市公共軸線與勝利宿舍群之生活住宿軸線的三條軸線交會點，是校園的核心地帶，是學術、生活、都市相遇的地方，將是創新與跨域的最佳實踐場域。以未來館作為前店，作為此跨域經驗的累積展示場域，旺宏館作為後場，以落地實作與試驗為主體的場域，才能夠更強調作為校園歷史主軸的地位與重要性。過去舊總圖書館定義了一代人的記憶，作為K書與共同精進求學的場域，而今天在新的使命之下，新一代學生將會以新創跨域的「未來館」來定義這個邁向未來的場域，賦予新的可能性與想像。

共創、共居之學術生活校區

　　未來教育是融入生活的教育，讓不同專業背景人才能彼此溝通合作的場域將十分關鍵。我們初期的提案，分為兩種策略方向：一為較集中的建築量體，緊貼未來館後方作為直接延伸，保留最大戶外廣場空間，讓各功能空間能緊密

相偎，於未來館內創造多樣的半戶外空間；二為較分散的建築量體沿著未來館環繞，各功能空間串聯全區，以新建空間圍塑出中庭廣場，成為立體地景，立體廣場讓場域更有彈性，重新形塑校園歷史軸線。

　　兩種策略不外乎都試圖探討此基地未來最合宜的發展方向，成功創新中心位於成大校園最核心軸帶，面對歷史校園與新建對話，過去－博物館、現在－旺宏館、未來－未來館，三者的呼應與串聯，如何恰當地定位與安排建築配置，是關鍵性的一步。

創意交集的廣場 NCKU Yard

　　除了實體建築的探討，在校園的宏觀視野中更重要且容易被忽略的是虛空間的規劃。在教室、建築、場館之間的開放活動場域便是虛空間，是人流、氣流、光線等自然物質流動的空間，若沒有妥善安排，校園便無法成為一個舒適的環境。我們在提案的過程中，也特別重視虛空間，這是屬於生活與交流的空間，藉由心情、環境的切換，有機會激發不同想法，與不同的人事物相遇。

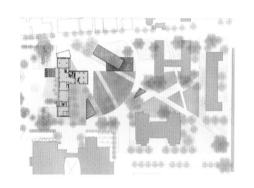

　　成大校園隨著台南市發展，仍然保留廣闊的腹地，優點是各院所相較其他城市裡的校園，能夠有相對充足的空間，缺點是各院所經常占據校園一個角落，擁有自己的系館與門禁管理後，便難踏出門戶交流。一般學生除了通識課程，也甚少有機會到他系空間，甚至有同學反映說，曾經到他系空間感覺自己是外人，不受到歡迎。然而創校發展以來累積的問題，應該用當代面對環境的新觀點重新檢視：空間應被打開、資源應被共享、訊息應該流動；藉由思考虛空間的配置，將會是一個新契機，重新開放原本封閉的未來館建築物背面，成為學生學術生活匯聚、交流的場域。

07. 促成跨領域
從有效的多方溝通開始

Successful Collaboration Starts with
Effective Communication

如何有效溝通

工作環境是最實際的跨領域情境。當需求促使概念產生，概念推進到規劃，規劃發展到執行層面，這個過程會碰到不同背景與專業的人。從行政、學術單位到學生團體等等，都有不同立場與觀念，從統整需求、達成共識、形成默契、落實執行，都需要良好溝通。我們認為，與各個對象建立信任的基礎，首重聆聽並同理，如此一來未來才有機會達成共識。

疫情促使更彈性的溝通方式

過去校內溝通多透過紙本與分機，然而在疫情警戒之時，作為防疫考量異地辦公，反而促進各單位數位化思維的轉換。難以變動的工作環境也必須調整以確保工作不中斷。藉機反思習慣的工作流程與環境是否不合時宜，更需進一步檢視並優化，建立隨時準備面對突發狀況的思維。

與行政單位做朋友，
先從互相尊重開始

面對各個行政單位除了同理心之外，更需要互相尊重。也許只是因為專案而產生共事關係，若無先前的熟識機會，其實溝通會很困難。專案工作者時常肩負多項職責，而非全心在單一工作中，若無良好溝通機制並且互相尊重，往後產生不信任感只會造成執行阻礙。溝通前先做好朋友吧！

在工作坊裡把不同背景的人打散，透過實際合作理解跨領域的思考，經過幾次後就會慢慢明白什麼是與不同領域的人溝通。

博物館　營繕組　設計中心　博物館　藝術中心　專案人員　得標廠商

在設計中心會議室的開會光景，經常可以看到不同單位的人一起為達成共同目標一起討論。
圖為成功大學90週年校慶，線上展覽的籌備會議景象。

C1 成功創新中心 旺宏館

維持以學生為主的公共空間使用，半戶外的大平台將學生活動垂直向度的發展。
設計單位、圖面提供：九典聯合建築師事務所

08. 活化既有空間
成為跨域創新能量

Activating Existing Space to Foster Innovation

C2　成功創新中心未來館
NCKU Innovation Center
Future Atelier

❝未來館定位成一個創新的起點；成大學生畢業後，對於未來館的記憶是什麼？❞

活化場域之經營管理模式

　　舊有空間有時代的痕跡與韻味，是拆除與新建工法無法重現的，但舊建物勢必面對建材老化的挑戰，如何在權衡文化意義與經濟考量中，賦予更多重的功能，使記憶得以流傳外，也回應時代議題。未來館位於校園核心空間，已無法滿足舊有書籍典藏之機能，故重新開放為學生學習交流空間，讓跨領域的互動與展示得以在校園的核心場域被看見。我們希望藉由整理舊有空間，重新縫合內外的開放場域，讓水平向的串聯得以延續工學大道、博物館，一路至旺宏館與勝利宿舍群。

鼓勵多元產學合作機制

❝衡量跨域共創空間成效的指標包括空間使用率，也可考慮追蹤個人或團隊的成長或社群連結度 (如既有獎學金制度的延伸)。❞

　　位於勝利校區的舊總圖，在時代變遷不敷使用後，重新整理成為未來館，接著在永豐銀行產學合作模式下，建立了未來智慧工場，聯手帶入業界實體問題與學生共同創新，從獎學金、工作坊、微學分課程到產碩專班，進入校園建立深度學習機制。透過獎學金制度，讓對金融科技議題感興趣的學生初步接觸，進而參與相關工作坊、課程等探索

學習的可能性，甚至吸引學生申請產碩專班進行專精的研究。新合作模式提供了更多展望未來的想像，翻轉過去典藏知識書籍與K書的場域，開啟成大未來創新創業的契機，並將舊總圖視為成大創新迎向未來的新地標。

> **❝透過議題形成校園簇群，讓這些社群與計畫保持密切關係，經營互動之下企業也更能夠掌握學生族群。❞**

符合使用情境的彈性

在疫情期間，未來館通透的通風採光條件成為良好的會議與活動場域，除了可以配合維持社交距離，亦能因應展覽與活動的舉行，彈性調整配置。空間的彈性平面配置，需借重不同的家具安排以支援活動舉行，平時收納空間也需在規劃時考量。若有良好借用與管理機制，可使活動的場布進行更加順暢。

空間在設計規劃階段會有特定的想像，然而實質空間落成後可能因為其他因素條件讓使用模式與規劃有所出入，這是場域經營管理單位需要長期與使用者溝通調整的必經之路，從多方需求中找到平衡點，也能反映在最舒適好用，並且符合場域願景期待之活動規範默契，將未來的願景作為核心原則，例如：學生在找尋念書的場所可能期待安靜的場域，但若定調為討論與交流的空間，則得尊重整體場域可能有的活動聲響，甚至是因此吸引不同領域的人交流的機會。

> **❝跨域學習動機是需要創造挑戰情境一同克服。❞**

C3 建築系核心空間改造計畫
Core Space Renovation of the Department of Architecture

為老舊校舍注入新的場所精神

由於建築系特殊的工作室文化，造就了系上各年級學生與老師間，工作與生活密切連結的學習模式。建築系館是一個意義上與實際上都被系友視為「家」的場所，但目前的系館硬體空間是超過三十五年的老舊校舍，再加上系所近年由四年制改為五年制學程，原本空間設定之師生員額遠低於現況的實際使用人數，許多基本的空間及環境品質亟待改善。

在討論如何以有限預算更新系館空間時，我們盤點空間現況，協調、調度系辦公室與退休老師研究室，釋放出系館出入最頻繁、區位最核心的區域，做為改造的起點。

「我們想透過系館核心空間的改造，塑造新的成大建築印象，這不只是老舊空間修繕，而是系友與師生對系館情感的凝聚，並為成大建築80週年埋下新的世代記憶。」

變色龍一般的彈性空間

核心空間原本是系辦公室與系館大廳，大廳長久以來除了是系館空間的交通要衝，亦兼做學生的評圖、展覽空間。系辦公室與大廳雖然緊鄰彼此，卻以紅磚隔間牆區隔，兩者之間互動並不密切。而因為空間的對外窗在辦公室側，大廳缺乏自然採光，即使是天氣好的白天，也必須依靠人工照明維持正常教學使用。

我們對核心空間的首要動作，就是拆除系辦公室與大廳之間的隔間牆，將規劃設計學院周邊綠意盎然的景觀引入既深且長的大廳，藉此模糊兩空間的邊界。打開後的原系辦空間區域，能支援各種不同使用情境，配合可滑動兼作貼圖展示版的隔間牆，及可以全部敞開的摺疊門，系館核心空間收放自如，具有高度彈性，宛若變色龍一樣適應各種使用情境，成為各類活動的實驗場：舉凡設計課教學、會議、展覽、休閒、閱讀、演講等活動，都有機會在此發生。

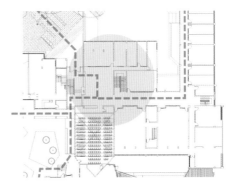

原系辦空間打除隔間牆後，改為彈性空間，作為系館大廳的延伸。

上圖：彈性空間的服務核，除有展示師生著作、動態資訊的機能，亦可以收納折疊家具，支援大型演講活動。
下圖：面向規劃設計學院景觀，提供師生一個舒適又隱蔽的休憩角落。

圖上至下，從彈性隔間的全關到全開，各有不同適用的活動可能性。

09. 產學合作創意基地裡 小基地大世界

Industry-Academia Collaboration Hub

C4　產學創新大樓
Industry-Academia Innovation Building

若要活化空間，不能有 獨占空間的思維

　　產學創新大樓位於臨近林森路的校園邊界，有綠蔭與視野，是尚未被開發的校園門面。這棟建築是成大研發基金會捐贈，由校方管理使用，我們在建築設計方面的考量，讓空間越接近地面層越開放，比如說一樓商業空間，未來可舉辦產學展覽、社區活動等，也作為交流場域，二樓為提供短期進駐的共創空間，三至六樓為產學研究合作中心與工作室，作為校內與產業的新介面。

　　共享經濟盛行之原因在於現有資源、土地、空間、人力皆有限，若能達到共享以提高資源使用的效率，亦可避免囤積與浪費。然而，在談論共享共好之際，需要探究現行體系中可能碰到之阻力，改變既有心態、流程，即便立意良善，但要改變長久的習慣，仍會受到挑戰。

　　傳統使用者使用空間的模式，是租賃或買賣關係，大學校園空間管理，一般分為各學院系所管理與校級管理空間。空間一旦被劃定後，各系所便包辦管理職責、租借管理辦法等，甚至內部隱私權的管理。這種空間管理策略的優點是：除了圖書館、體育館等校級公共設施以外，不會無限增加學校總務處負責範圍，讓各系所協助管理校園其他空間。創校初期校地幅員廣闊，人力有限的情況下，此空間管理策略可想而知是有效率的，各系所就近照顧花草與環

境，也可以培養師生愛護環境之心。現今的挑戰為，許多系所實質管理系館建築前的馬路，經費較充足的系所，可以時常修剪草木，細心呵護，反倒資源較缺乏的系所，當務之急可能是先處理系館內漏水修繕，公共區域因而無暇顧及。有時系所會在系館建築外布置不合校園風格之裝飾物，校方也沒有相關管理辦法能規範。

明確訂定空間管理原則

❝展覽與管理是後續的問題，不是單純物業管理公司就可以處理的。❞

需求訂定後，實行上有兩個重要考量，一是門禁系統，二是空間預約管理系統。為達到共享與安全的原則，空間一般設置門禁卡機以控管人員進出，特定人流量較大的空間，例如圖書館，甚至可考量以閘門達到一卡一人的模式，以確保人次計算與管控準確。各系所安裝門禁卡機時，也應該與計算機與網路中心、駐警隊溝通確認，應以校方製作的學生證作為通行認證而非使用額外的磁卡，在串接師生名單的機制上也須確認，以避免廠商以其他形式施作。

在空間預約管理方面，目前圖書館討論小間已委託廠商設計預約系統，為了達到不收費且能最大共享資源的目標，借用上程序較謹慎，需要多張學生證才能進行預約與報到，接著供電與開門等，若為校級空間可視需求調整管理辦法與程序。以長期規劃看來，校園空間最終應以能夠回到校級平台，以達到空間借用與可及性的最大化為目標，亦可做到空間使用的數據分析，甚至可做為未來預算規劃與設計的參考準則。

❝未來智慧建築的發展，如過度仰賴數位控制，就可能發生管理問題，還是要以實用為原則。學校建築很難有高預算達到極致的智慧建築水平，但若有空氣品質、汙染、減碳等環境監控設備，除了管控能源外，也會有教育層面的好處。❞

- 蔡元良建築師

街角廣場面對林森路綠園道，以歡迎的姿態容納來往的人們。
設計單位、圖面提供：境向聯合建築師事務所

10. 高教跨足
科普教育空間
Higher Education Supporting Science Education

C5　地科系博物館
Earth Science Museum

打造南台灣科普教育新典範

「成功大學地球科學系博物館」歷史悠久、館藏豐富，總計收藏約三千多件展示標本，內容包括岩石、礦物及化石等，建立地球科學的知識平台，為目前國內收藏最多台灣地質標本之地球科學博物館，以推廣自然科學基礎教育、彰顯基礎研究與社會生活連結為目標，實踐學術單位之社會責任。

配合學校規劃，地科系博物館從成大博物館遷至成功校區之物理二館舊實驗空間，博物館長年作為南台灣主要地科教學、展示、推廣教育之場所，對於國內中小學與南部民眾的地球科學科普教育有相當的貢獻，參觀者年齡分布範圍廣（國小高年級至成人），必須相當重視展品之觀看高度與展示內容適合不同年齡層的觀眾，打造成大校園中科普教育典範展示。創新的展示與互動方式，符合時代趨勢之學習模式，協助提升中小學端自然科學領域之學習，同時作為校園處處是博物館之典範。

❝成大要推廣科普教育，肩負著南區地球自然科學基礎教育、善盡大學社會責任。❞

立體化學習的過程

傳統認知中的科學教育從教科書中文字描述或圖片傳達，相對生硬有距離感。透過博物館空間搬遷的機緣，重新思考物理二館舊有實驗室空間之挑高特

設計單位、圖面提供：曉房子設計＋許晃銘建築師事務所

性，重新打造整體氛圍的展示教育空間，運用新展示櫃得以更親近地呈現各類礦物寶石地質標本之原貌，讓課本中疏離的內容，文字圖片無法說明之美，從博物館實體展示中活潑呈現。

博物館內的靜態展示區包含入口璀璨區、導覽與提問區、主要展示區、螢光礦物區與結尾之學習成果互動區。整體空間色調以明亮通透為主，並創造豐富、新形態的展示意象，作為本館邁向國際著名大學地球科學博物館的第一步。打破傳統對於科普展覽的想像，空間設計上更注重在整體氛圍的營造，讓動線規劃上，更能流暢體驗，沉浸在知識海的學習中。

> 建築是三度空間加時間下產生的環境，當代除了新的材料、技術、工法外，怎樣看待空間，要用什麼角色介入，還是得回歸個人的基本訓練。

11. 教育是
校園空間的主體
Educational Space as Main Stakeholder on Campus

C6 台語文化放送塾
Taiwanese Culture Center

校園為教育的使命留一個位置

新時代校園空間因應不同需求，強調橫向連結與跨域學習，並延伸教學場域至產學合作模式中。規劃上，空間不只需要更多彈性，且能滿足多元的使用情境。我們樂見各種不同的團體，在校園中共同激盪火花，但無論是何種跨域合作，永遠不要忘記學校的主體仍是教育。台語文化放送塾，是本校台文系與公共電視台語台的產學合作提案，雖然最後未成案，但在規劃討論過程中，我們的收穫是：即使有外部資金挹注，然而從校園規劃立場出發，不能忘了為教育留一個最重要的位置，作為對學校與社區的回饋。

尊重現有校園紋理的前提下
評估開發強度合理性

本案原預定設置在力行校區之前鋒路、東豐路角落，在設計過程中，我們認為必須尊重校園現有的紋理，特別考量到校區歷史脈絡，在面對鐵路地下化後，前鋒路將會重新打開成為新的校園門面，而我們可以透過這個新建築，展現出歷史悠久的校區面對未來的新態度。建築量體規劃，我們也覺得必須考量合理之開發強度，學校並非營利單位，該如何在有限的資源與土地下，權衡師生效益與校園規劃合理性，將會是此案的重點考量。作為校園的新門面，雖然在疫情之下的開放校園邊界面臨到考驗，但是在面對外界入口以及景觀規劃的態度上仍然要保持友善，拋開需要實牆才能區隔校園的既有想像。

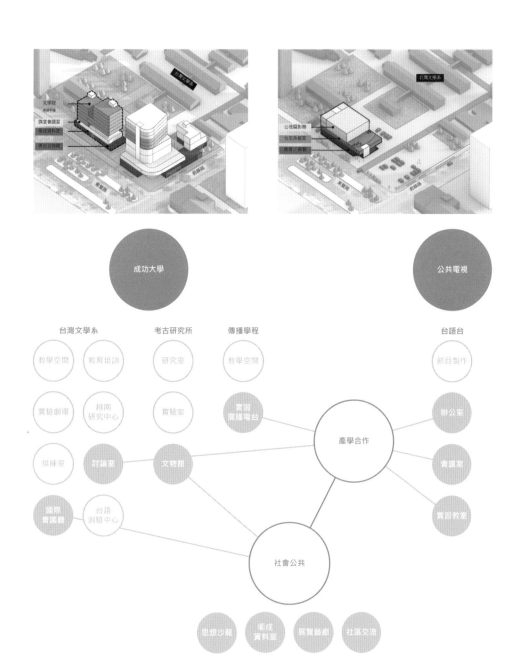

12. 將校園空間規劃議題帶進設計課教室

Bringing Campus Planning into Design Studios

C7　東寧教職員舊宿舍再利用
Dong Ning Faculty Dormitory Adaptive Reuse

校園規劃的課題與校園生活的想像應是跨世代的集合。對設計中心來說，將校園的空間議題帶入建築系的設計課程規劃，不僅可注入更多創新能量，讓作為主體的使用者：學生，擘畫新世代的校園生活願景，也讓校園規劃議題得到更多方的討論與研議。透過多樣的設計提案交流，促使師生對於所處的校園空間可有更深刻的認識與體悟。

校園邊界的青創基地（建築系大二設計課題目）

設計中心同仁參與建築系大二的設計教學，以校園空間為題，試圖以都市型的成功大學校園為例，討論校園與都市的邊界關係；基地位於台南市東寧路旁的教職員舊宿舍群，隨著基地鄰近周遭非營利幼兒園的啟用，未來東寧學生新宿舍群與黃崑巖教授故居再利用等一系列的計畫案完工，此區將由原閒置且利用度低的角落校區，翻轉成為都市及社區共好，與鄰里關係密切的校區。

本次題目包含青創議題、多元使用者等的挑戰，期望學生能跳脫主觀的視角，透過基地觀察，以多元使用者的觀點介入空間設計及面對都市時該回應的面向。此外，也透過新舊共生的設計操作，認識不同材料的接合與構造方式，作為學生邁向大三建築訓練，練習處理複雜議題的銜接。

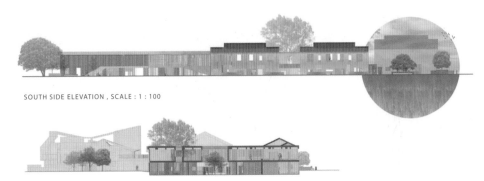

SOUTH SIDE ELEVATION , SCALE : 1 : 100

SHORT SIDE SECTION BB' , SCALE : 1 : 100

LONG SIDE SECTION AA' , SCALE : 1 : 100

學生作品：左上 鄭睿 / 左下 郭子瑄 / 右上 羅立庭 / 右下 邱奕勻

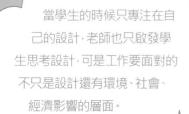

當學生的時候只專注在自己的設計，老師也只啟發學生思考設計，可是工作要面對的不只是設計還有環境、社會、經濟影響的層面。

設計中心可以主動提出議題，如果比較積極，計畫可能產生費用，還需要說帖，就可以跟校友募款。如果有好的議題去跟校友說，校友們都會希望做些有意義的事。

教學上建議如何提升學生進入工作後與實務銜接的思考？學校的教育怎麼延續到業界？

訪談張學姊的議題好紮實...

163

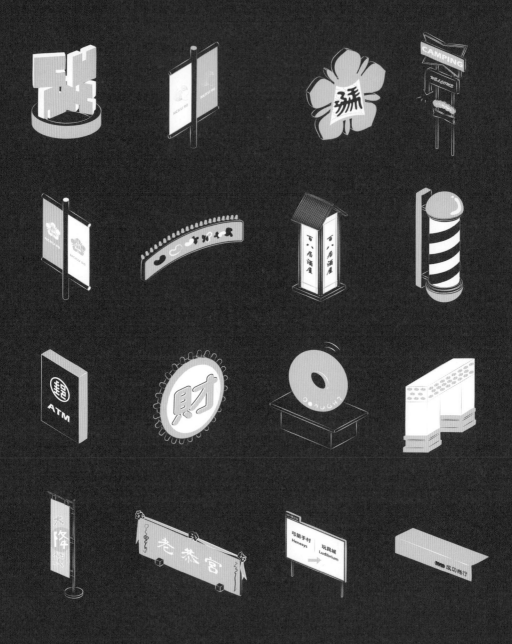

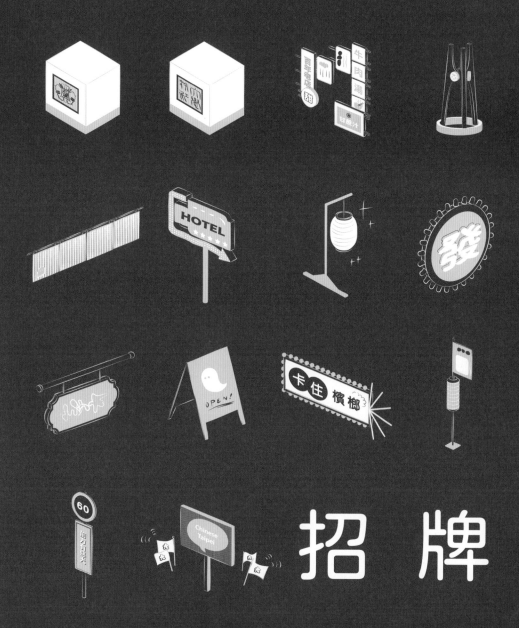

招牌

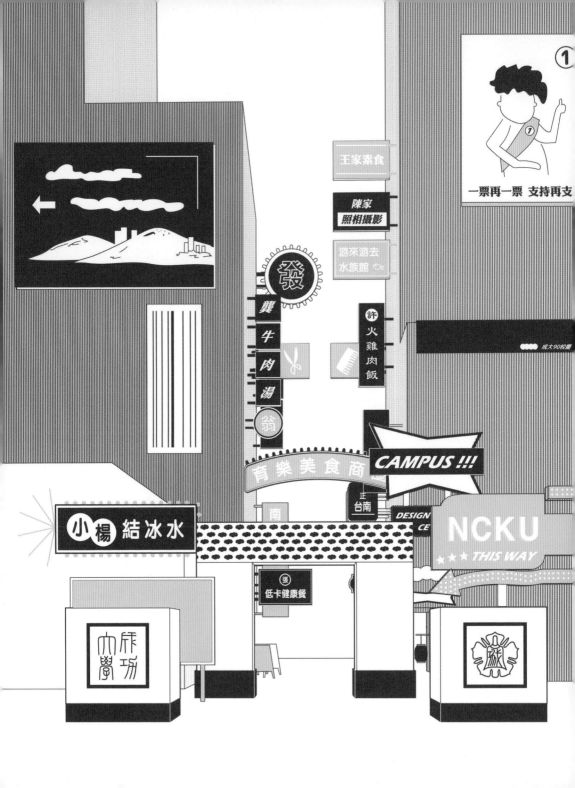

從聯結不同使用
族群與認知開始

「招牌」是日常生活中最常見的廣告及宣傳物件。商家或公司常使用招牌來作為自身的形象代表，對大眾傳遞品牌訊息；特定的群體也常透過共同的物件，如服裝或徽章來凝聚眾人的向心力，以及對外一致的形象。大學校園也需要象徵性的「招牌」，來串聯眾多的使用者族群、凝聚接續交替的世代，及表彰紀念傑出的人士。藉此塑造大學對內的核心價值與對外的品牌形象，透過彼此共有的空間經驗，分享各自的校園記憶。亦可再進一步與社區鄰里連結，成為都市裡不可或缺的角色。

為「眾多校園使用者」尋求視覺設計、產品設計、空間設計上的形象認同，是相當複雜的一門藝術，如果從「完形知覺法則」來理解校園形象設計，「校園的整體並不來自於校園所有

細節的總和」，必須找到這些眾多使用者對於校園內的種種文化認同，來整理出一套法則，不僅僅是從微小細節生產設計品、創造改變，也必須從系統上建立整體架構，廣納使用者意見並逐步調整、衍生，才能夠逐步凝聚校園群體的共識。

校園除了是教育的環境之外，生活周遭接觸到的大小事物細節，也都是教育素材與美學素養的培育。從認清共同意識的形象識別作為出發點，串接到邀請卡、指標、紀念品、出版物、活動旗幟、看板、展場布置，以及校園整體氛圍的塑造，都是設計力介入的重要把關環節。透過簡化手法，達到強化的效果，讓主軸更清晰，內涵更典雅，更為成大校園彰顯文化素養與氣魄。

作品檔案

D1 大新園藝文沙龍
D2 勝利藝文廣場
D3 資訊工程系紀念涼亭
D4 黃崑巖教授故居
D5 全校指標系統
D6 建築系指標系統規劃試做
D7 全校美學提升計畫

　　要為成功大學這樣一間歷史悠久的綜合型大學做校園形象設計，最重要的是能準確掌握每一代成大人都認可的共同價值，既能承襲歷史底蘊，又能賦予設計上的新意。本章節選取的七件校園形象設計案例，大至整體校園的路徑規劃，小到一塊招牌，雖然尺度差異甚巨，卻有著一致的設計思維，即是以美學通識教育作為規劃準則，以設計凝聚不同世代與族群認知。

　　六件案例中，「大新園藝文沙龍」**從都市尺度出發，打開校園邊界、拆掉圍牆**，引入藝術交流活動，活化校園與都市介面，並以此案**創造新的校園門面**，重塑校園歷史軸帶上多個重要的歷史建築，串聯成一條兼具歷史意義與生活記憶的步行路徑。「勝利藝文廣場」保留文學院蘇雪林教授故居，為尊重一層樓平房的低矮量體，**新建物預留空地與故居串聯，以景觀手法串聯周遭場域**。「資訊工程系紀念涼亭」位在學校歷史悠久的工學大道上，我們刻意留下從舊系館拆除的木桁架，使用在新建的涼亭上，**建立起新舊世代的連結，也藉此重整了系館中庭的動線**。「黃崑巖教授故居」延續黃教授論教養之重要性，故居中教授與學生侃侃而談的客廳場景被我們原地保留，並將**周圍景觀擴大為教育園區，形成大學校園與都市及市民互動的另一種介面**。「全校指標系統」重整校內地圖與指標，**提供清晰且美觀的校園指引，塑造溫馨、貼心、兼具歷史底蘊與開創新意的成大形象**。

　　「全校美學提升計畫」則包含了活動企劃場布、臨時性構造、招牌設計等各種難以歸類且多元的案例，在這個單元可以看到**設計中心的韌性和彈性，我們不僅擅於處理各種尺度的空間規劃，亦須具備大量橫向溝通協調的技能**，方能在面對各式各樣的挑戰時，滿足來自所有成大人的期待。

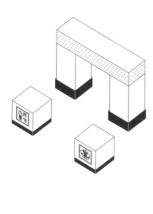

a.

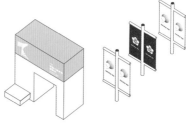

b.

c.

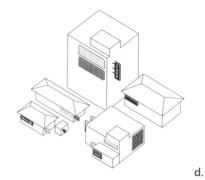

d.

a. 延續成功大學既往的校園入口意象
b. 嚴謹與完整的校園與空間資訊整理術
c. 成功大學校園整體氛圍的塑造
d. 塑造學校與活動形象的美學整合計畫

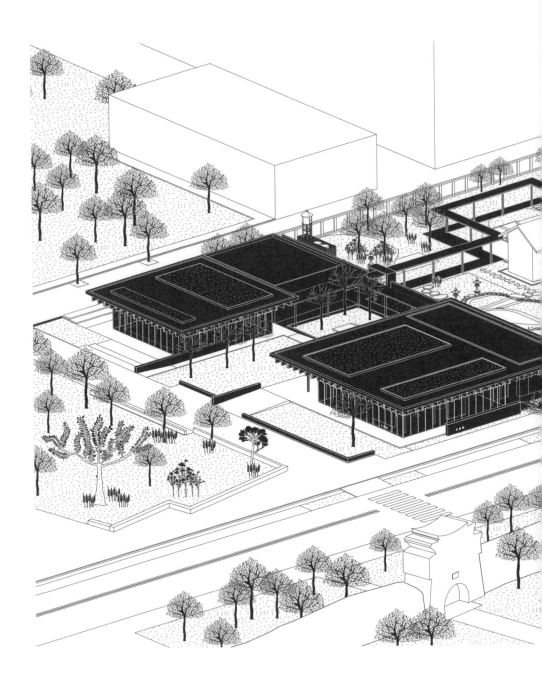

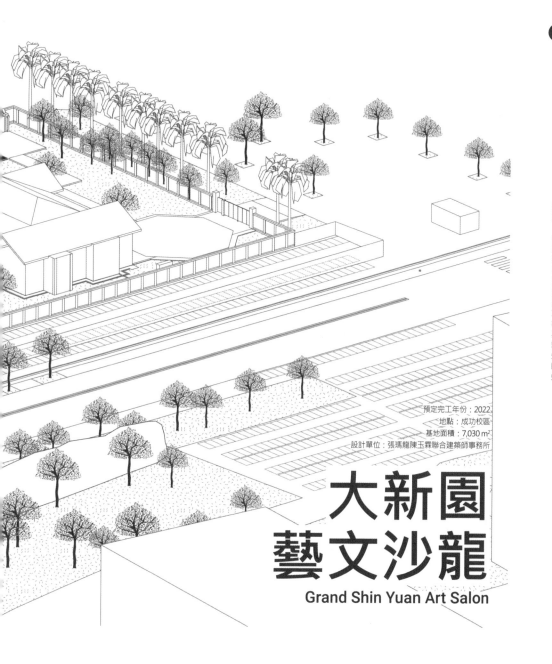

預定完工年份：2022
地點：成功校區
基地面積：7,030 m²
設計單位：張瑪龍陳玉霖聯合建築師事務所

大新園
藝文沙龍

Grand Shin Yuan Art Salon

D1　大新圓藝文沙龍

> **這是一個光盒子，走在校園裡的人遠遠看到，都會好像有了趨光性被吸引過來。**

用藝文沙龍點亮校本部的核心地帶

　　新園三棟官舍群於1933年完工，地理上位於校本部的核心區域，最初作為臺灣總督府臺南高等工業學校的官舍，其中較大的一間一直以來作為成大歷任校長宿舍，現任校長將之作為接見外賓的招待所；另外較小的兩棟則自1993年開始改作成大附設幼兒園使用。官舍群被圍牆包圍，從外部看來門禁森嚴，對學生而言，圍牆後的世界更是罩著神祕面紗。然而因應幼兒園立案為「成大非營利幼兒園」，將拆遷搬移至東寧校區，面對圍牆中被拆除的新園官舍群空地，及僅存的官舍－校長官邸，我們期望點亮這個圍牆後面的神祕空間，將之轉化為人潮絡繹不絕的藝文沙龍。

01. 水平串聯的景觀 延續校園歷史軸帶

Connecting the Flow between Historic Sites on Campus

> *成大校園像是台灣當代都市的縮影，若能建立跨領域、串聯不同權屬的水平流動性，會提升都市的深度跟趣味性，校園空間有了層次後，活動就多樣了起來。*

從榕園、小西門、新園，直到總圖書館的步行軸帶

成大校園發展的歷史底蘊深厚，獨有的建物紋理一直是我們珍視的文化資產。盤點周遭都市綠環境、開放空間，及市定古蹟與校方列管之歷史建物，位於校園核心區的新園官舍群，東西向串聯了小西門、歷史文物館、大成館與榕園，形成重要的步行軸帶與歷史核心地域。面對與時俱進的未來，我們想藉由「大新園」計畫將這座歷史場域向外延展，重塑步行軸線路徑，重構校園與都市的邊界，為市民與校內師生塑造出新的空間樣貌。

延續歷史建築的尺度與空間關係

新園官舍群歷史悠久，是成大歷任校長的居所，也是成大師生的共同記憶。在規劃草案的初期，我們從校園規劃的尺度檢視大新園計畫應有的設計策略，錨定出兩個重點：空間上應延續官舍群原有兩棟建物的尺度與院落關係，並將此校園節點改造為成大當代學術與藝文的交流會所；透過景觀改造，將大新園計畫擴及至城市與校園關係的層面，保留歷史精神的同時也試圖創造場域的對話與串聯，構築出成大的當代沙龍作為校園新門面，分享給過去、現在與未來的使用者們。

02. 反轉校園背面歡迎過路人停駐的開放空間

Rejuvenating Backs of Buildings to
Welcome Public Engagement

開放校園成為都市的亮點

面對即將到來的90週年校慶，我們提議以更開放創新的態度面對成大珍貴的文化資產基底。拆除破舊的量體後，我們保存部分基地紋理，賦予歷史新意，並建議將周邊景觀一併納入整頓，讓新園成為校園師生與居民都得以參與共享的城市廣場。面對都市，以「水平串聯」為核心，創造大新園低矮和緩的空間尺度，找回人、場所與活動間更緊密的連結，並將校園圍牆打開，以此模糊化都市、校園與校區的邊界。水平串聯破除了空間的封閉性，敦促設計者更審慎思考如何兼顧浪漫而務實地配置服務空間。我們將服務核置於新建量體之間的隱蔽處，以保持新園整體對外介面的流動性，留下更多穿越與行走的空白與內外跨域連結的可能。

騎著腳踏車一路暢行無阻地穿過小西門，再穿過大新園

打開圍牆後，場域的背面反轉為正面，我們希望以更友善的姿態面對勝利路，並形塑出成大校園新與舊共生共存的入口意象，活化一處校園得以與城市共享更加亮眼的公共聚所。面對小西門的歷史遺構，大新園將以截然不同的面貌與之對望，為台南刻下一道承先啟後的都市新介面。新與舊的對比溫柔而強烈，為校園的日常路徑添了層次，而老師、學生也能自由穿梭在古與今珍貴的對話之間。

❝將大新園想像成室內的廣場，除了地面的水平面之外，還多了一個天花板的水平面，所以它是在兩個水平面之間流動的空間。❞

D1 大新園藝文沙龍

大新園藝文沙龍會是在校園中鬱鬱蔥蔥的樹林後頭，隱約透著光線與飄揚樂聲的光盒子，吸引著人群前往。

03. 以藝術與人文點亮的 光盒子

Illuminating the Living Space with Arts & Cultures

> *「這空間的公共性很重要,怎麼樣讓它很透明、很舒適,裡外可以互相看到彼此,面對校園內外又各有不同的互動,讓經過的人感到自在、願意進來坐一下。」*

校友師生進行藝文與學術交流

以工學院起家的成大,歷經數十年,已然發展成理工與人文兼備的綜合型大學,我們思考著如何跨越學院間壁壘分明的邊界,為理工科系為主的校園引入更多人文關懷的思考,並配合學校課程規劃趨勢,提供諸多跨域的學術交流與深化藝文素養的機會。大新園成為一座複合性的校園展場。連結總圖書館、鳳凰樹劇場、藝術中心、學生活動中心的藝文空間,形塑各類型藝術性活動的空間網絡,成果展示或社團發表將在室內外的空間序列裡連續展演;同時,大新園也是成大校友年年歡聚的俱樂部,返家的校友們得以漫步於綠園間,觀覽歷史鑿跡,結伴漫遊在大新園院落的內與外。最後,藉由內聚人文與自然的特性,大新園將成為都市與學校地域性的指標。

大家都能提案、策展的經營模式

我們更企圖突破空間既有的校控管理模式,以「非單一單位」作為新的經營挑戰,實現師生皆可自由提案、策展、舉辦沙龍的開放場域,讓校園文化資產能被更有效地活化。未來的大新園,將成為招待活動、藝文展示、校園沙龍的複合性場域。師生、校友與市民都能使用這個場域,在新舊交織的紋理間,自我探索、與他人交流,碰撞出知識與智慧的燦爛火花。

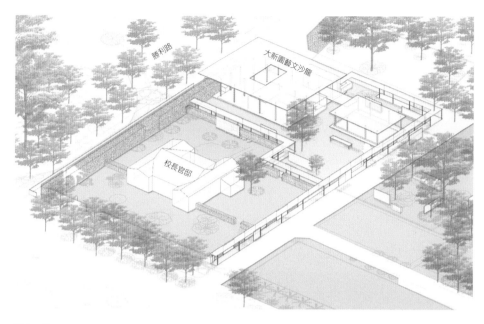

勝利路

大新園藝文沙龍

校長官邸

D1　大新園藝文沙龍

大新園的設計，保留了舊官舍群的空間院落關係，但拆掉圍牆，將官舍原址轉化為室內的藝文活動廣場。
設計單位、圖面提供：張瑪龍陳玉霖聯合建築師事務所

04. 以藝文為主軸
打破理工掛帥的校園氛圍

Integrating Arts & Cultures into a
STEM-Focused Campus

D2 勝利藝文廣場
Sheng Li Art Plaza

" 校本部已經蓋很滿了，我們有一個使命要為學校、為台南市中心留下更多可以呼吸的空地。**"**

傳承成功大學女性力量

這塊鄰近東寧路側，被慣稱為勝後的區域，過去為學校教員宿舍區，一甲子以來知識的巨人前前後後在此駐足。近年因宿舍老舊結構安全堪慮，已全數拆除。目前僅存蘇雪林教授故居，以一層小巧平房的姿態，低調隱密地存在於勝後花木扶疏的圍牆後方。

從理工主導的學校，到今天的綜合型大學，校園中女學生寥寥可數的時代已成往事。蘇雪林教授做為創校初期的傑出女性教職員，針砭時事敢說敢言，

保留其故居對於傳承女性力量有其意義。而在地價節節高升的今天，如此黃金地帶保留出開放空間與綠地，作為藝文空間使用，也宣示了我們對於校園空間的期許與不能讓步的原則。

提升藝術與人文領域主體性

本校前身是臺南高等工業學校，創校初期有機械工學、電氣工學、應用化學三科，之後又增設電氣化學、土木、建築科。工學院對於成大的重要性，與古木鬱鬱蔥蔥的工學大道在校友心中的重大意義中可見一斑。如今成大已經從理工科系為主的學校轉型為綜合型大學，我們將勝利校區定調為以藝文為主軸的校區，並將連接工學大道的勝利校區主要動線定調為博雅大道，期望提升藝術與人文領域的主體性。

建物的配置布局原則，將蘇雪林教授故居成為開放空間的端景，宣示歷史記憶與前輩的知識對校園空間記憶的重要性。

05. 在工學大道種下藝術的種子

Planting Seeds of Art at the Engineering Boulevard

D3　資訊工程系紀念涼亭
Dept. of CS Memorial Pavilion

將舊系館木桁架變成空間中的紀念物件

　　工學大道曾是以理工教育見稱的成大最重要的校園路徑，如今創校將近百年，已是林木參天、綠樹成蔭。資訊工程系館作為工學院的一員，就位在這具有歷史意義的工學大道上。隨著時代變遷以及人員編制擴大，空間需求的改變促使這座系所建築經歷多次改建。目前資訊系館有多個時期的建築並置，可以看到多種不同的材料、構法、和空間思維的呈現。

　　本案新建的涼亭，是資訊系56級資深學長因為懷念系館與學生生活，也希望鼓勵學弟妹在專業上努力精進，因而

捐獻給母系作為紀念的。本案的另一個重要任務，就是要將拆除舊教室時分解下來的木桁架，再利用成為新涼亭的一部分，為舊構件創造新生命。

穿梭在新舊系館中庭的時光隧道

　　基地位於新舊系館建築之間的內院，以環繞內院的廊道連接兩棟建築的出入口，平日內院利用率不高。在幾次現場的訪查中，我們察覺到基地上有一條潛在的路徑，可以改變新舊建築彼此不相干的關係，我們刻意把這座標誌性的涼亭配置於新路徑的入口，標示出兩棟建物的連結，提供更多讓室內、廊下活動延伸到內院的可能性。在形式和構造上，延續新路徑入口這樣的概念，把兩座老教室的木桁架反轉，成為新涼亭的三角形構架，透過次結構的支撐，並

在屋頂覆蓋透明浪板，使涼亭成為內院可以停留的空間。設計企圖透過對場地與構造的重新定義，在肯定與保留往日記憶的基礎上，提供使用者對空間的新看法還有活動的可能性，這就是我們所談的新的路徑。

> "相同的木桁架，經歷不同年代的更迭，找到屬於這個時代的使用可能，是一種歷史賦予空間複寫的展現。"

設計單位：YS SPACEDESIGN 玖柒聯合設計有限公司

06. 以素養為本的校園環境

A Campus Environment with Integrity as Discipline

D4 黃崑巖教授故居
Former Residence of Prof. Kun-Yen Huang

> **當我們考慮這一輩子要如何過活時，重要的是先學如何做有教養的文化人，再學如何做專業人，如此做專業人才不致於淪為純粹的技術人。**

- 黃崑巖教授

延續黃崑巖故居的典雅氛圍

　　實地走訪醫學院黃崑巖故居，深咖啡色的木作櫃體與天花、灰色的磨石子地板、純白牆體映入眼簾，優雅簡樸的質地，促使我們想取樣原有的配色策略，設計故居的全新形象。深咖啡色可以應用在局部的木作工程，白色的牆體適合作為多功能沙龍的展覽背牆，灰色的磨石子地板，除了具有防水防汙的機能性以外，重新整新的磨石子地板，讓空間更有摩登復古韻味。

在老屋中享受閱讀樂趣

　　我們刻意保留黃崑巖故居的木窗特色，有可以輕鬆坐下的窗台空間，木頭傳遞溫暖的質地，外頭搖曳的樹影，斜射進室內的陽光。學生或市民可以到崑巖書房感受帶有「生活感」的閱讀空間，將步調放慢下來，打開被忙碌生活封閉的感官，挑選一個靜心的時刻，細細品嘗書頁裡的一字一句，如同黃崑巖教授所堅持的，讓文化經驗先於技術，或許在這裡，你可以獲得難得的啟發。

文學、素養為主題的策展定位

延續黃崑巖教授的價值、精神，東寧校區在未來的開發與改造設計，將會以能帶給學生、師生、市民的價值為優先考量，與勝利校區旺宏館、未來館「跨領域」的族群交流思考不同，東寧校區將融入更多「跨身分」的族群交流思考，東寧校區北側的林森66辦公室與東寧二期的公共空間，將有更多出租辦公室、共享辦公空間進駐，東寧宿舍一期及東寧宿舍二期則有連續的地面層帶狀商業空間，可以跟東寧商圈的步行經驗，巧妙地融合在一起，黃崑巖故居正希望可以延續這樣的「跨身分交流」，提供餐食、展覽、多功能空間等品牌商店進駐，並且結合完整的東寧校區內庭景觀空間，成為可以自由漫步，具呼吸感的生活場域。

和城市生活在一起的慢活校園

與黃崑巖故居相鄰的景觀公園，由北邊新搬遷落成的「成大非營利幼兒園」，及南側的舊東寧宿舍群，包圍形成一個安靜的內庭空間，自然有機的街道家具分布其間，行人可以任意找個舒適的座位坐下，暫時擺脫東寧路、林森路熙來攘往的人潮。我們刻意將校園與城市的界線模糊化，市民因而可以自然地走進黃崑巖故居，享受開放的景觀，學生也可以在此歇腳，它是與城市共榮的慢活空間，是校園得以回饋城市的具體作為。

07. 在校園裡迷路時的溫馨提醒

Comfortably Get Lost with the Easy Navigation on Campus

D5 全校指標系統
University-Wide
Wayfinding System

註：本章部分文字出自與Path & Landforms訪談內容

校園與空間資訊的整理術

指標系統可以理解為一種資訊整合框架，一個充斥著各種資訊的場域，如何將其有邏輯地梳理並有效率地呈現是一大課題。不同於建築尺度的指標系統，校園指標系統的規模更為龐大而複雜；建築空間通常具有一定的方向性，而校園空間則更常提供一種漫遊的體驗；再者是校園建物、空間的層級與編碼問題，綜合大學繁複行政體系下的相互管理權屬、新建與拆除的建物盤點均與資訊框架環環相扣，在長年積累下校方迫切需要一套嚴謹且完整，涵蓋各面

向的擴充邏輯，此為重整校園指標系統的一切前提。而在這樣的現況條件下，必定涉及眾多單位的使用及管理，設計中心在協助校園指標系統建置案的時候，面臨的即是與各單位溝通、釐清及歸納問題，盡可能地扮演議題討論與解決的橋梁。

"適切的指標系統讓使用者在一個空間裡移動時感受到舒適，需要時就會自然而然地尋求它的協助；但當你不需要的時候，它就是安安靜靜地站在那裡。"

為收集各方意見，全校指標系統於學生活動中心前擺放足尺試做模型。（畫面左邊立柱為現有指標系統）

設計單位：Path & Landforms

老人到小孩都看懂的友善設計

　　至於如何讓使用者有效地獲取資訊，需要考量不同年齡、文化、語言、體型、步行或車行等差異，進而提出一種能跨越族群的資訊傳遞方式。在視覺設計及色彩計畫上，一方面需考量與環境的和諧，一方面也需留意到辨識性；文字上從字型、字級、字距、排版、色彩等均會影響資訊判讀，而不論多細膩的設計考量，也都需要以某種方式檢討其實際的效果，因此在設計討論會議中我們即印製實際尺寸的版面打樣，自圖紙上跳脫，以更貼近使用者的方式檢視設計方案。

"友善設計是盡可能地減少實際使用時遇到的問題，例如文字與背景的顏色在晚上看不看得到，文字尺寸會不會有人覺得太小，或是各單位所需的資訊是不是都有照顧到等等。"

讓人自在地遊走在校園中

　　指標系統是一套讓人在空間中能有效移動的資訊系統，涵蓋範圍除了最終呈現的標示外觀、材料質感等硬體造型，以及文字、圖示、地圖、色彩等版面設計，更重要的是隱含其中的資訊層級、動線引導等規劃策略。一般來說，建築物自外到內有相對清晰的空間層級，在目的地認知、動線規劃上較能明確判別，而校園空間雖然也有空間層級之分，但四通八達的路線讓指引節點的

規劃難度增加，因此須盡可能地釐清、篩選出較為主要的動線，而非無層級之分地服務全部的可能性。

❝想要弭平設計與想像的誤差，第一件能做的事情就是把設計的指標版面以實際尺寸印出來，大家來討論實際上是不是可行的。❞

兼顧資訊與美學的指引系統

要做一套具有功能性的資訊系統，在規劃與設計過程中，一方面需針對既有的舊指標進行全面性調查，並進行使用者訪談會議，檢討其資訊疏失與相關衍生問題，同時也進一步評估潛在需求，彙整成調查報告書。而另一方面，從環境視覺的角度來看，校園的品牌形象也會透過新設置之指標系統傳達給使用者，在改善空間使用品質的同時，也須考慮當代校園的特色與核心價值，如何將知識追求與創新性格、歷史發展脈絡、建築特色等融入造型設計當中。

❝ 圓拱與方拱是成大校園常見的建築語彙，透過這個基本的造型元素，將指標系統低調地與校園環境連結在一起。❞

- Path & Landforms 俞思安

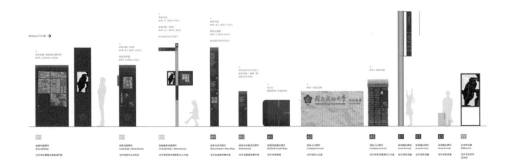

圖面提供、設計單位：Path & Landforms

指標系統設計概念由校園中具歷史意義之文化資產常見元素：拱門、方拱、紀念校門為啟發。

08. 將使用者的管理維護需求 都考慮在內的完善設計

Agiler Planning Strategy & more Effective Communication Skill

連使用後的管理維護都考慮在內的設計思考

　　一個能與時俱進的系統，必須有周期性的思考與態度，不能讓設計在落成的那一刻就結束，未來使用時資訊的更新、硬體的維護及系統的管理等，都必須囊括進整體考量中，這樣的規劃與設計才能隨著時間更迭永續使用。假設只考量短時間內滿足現有需求，當三年、五年後環境與使用條件皆改變時，將無法承受考驗而逐漸被淘汰。因此我們和設計單位提出須有可替換模組的想法，並考量了規格化、模組化與細部維修等問題；設計單位離場前也會提供設計規範手冊予甲方，內容包含了設計準則、視覺版面規範等後續維護管理與擴充的說明，以利使用單位在未來環境、需求改變後仍能自行更新系統。

高度專業整合的團隊合作

　　指標系統的規劃與設計是需要高度整合的專業；如同建築設計，最理想的狀態是有各項專業的投入：例如若只有平面設計專業，不容易做到空間層級的思考與規劃；當只有建築專業時，可能在視覺設計及版面細節上不夠細膩；或是少了景觀設計的專業，在規劃戶外園區時可能會遇到一些細節上的問題。

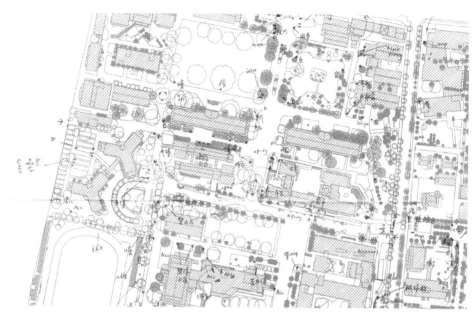

全校指標系統現況調查，各單位間沒有整合。
圖面提供：Path & Landforms

09. 說再多也沒用試試看才知道

Testing Usability through Prototyping

D6 建築系指標系統規劃試做
Department of Architecture Wayfinding Mockup

建築系學生習慣將系館工作室當作家，每個人都非常熟悉系館內的空間。然而本系師生以外的訪客，進到系館內都必須面對在錯層空間裡迷失的風險。我們協助盤點系館空間的同時，發現沒有清晰的地圖，亦無統一的空間名稱與指標，故自發地提出系館指標系統的提案。任何設計介入都需要經過反覆測試與來回討論，經過一番努力後，決定將初版提案以臨時張貼方式在系館定點做測試。透過使用者於空間中親身體驗，並提供網路問卷回饋機制，盡可能在設計付諸於正式印刷前，取得最多的回饋意見。

"今天到系館馬上就發現了！"

"外系的同學不會迷路了！"

建築訓練強調有效溝通與傳達理念，在不斷提案幫別人解決空間難題的同時，卻容易忽略自身所在的環境，有時出於無奈，有時卻是麻痺。環境對人的影響是潛移默化的，而空間的維護需要群體一同努力的結果，建築物再老舊，若有心維護照顧，都能成為舒適美麗的空間。

透過系館的指標測試，我們也希望能引發大家對於自身生活環境的關注，一同為空間的經營付出心力。建築系不追求完美無瑕，因為創作的過程要經過許多測試與調整，就如同學期中的設計教室一般，若能辨別工作與展示，將功能定義清楚，更能顯現出下一代建築師培育空間的無限創造力。

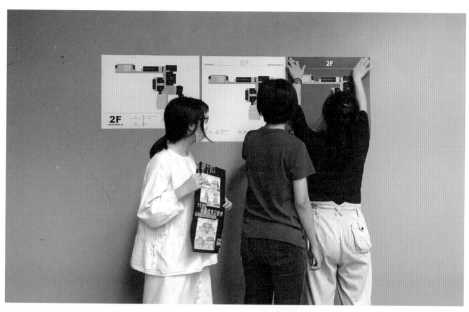

10. 校園游擊隊
全校美學提升計畫

Magicians who Collaborate on Campus Aesthetics

D7　全校美學提升計畫
Enhancing Aesthetics throughout Campus

　　接下來的六件案例，我們透過真實的行動，在校園裡張起美感的旗幟，帶領學生共同體驗「美好的物件」在日常生活中能帶來的力量，在校園生活中落實美感教育。我們在這些案例中扮演的角色都是游擊式的，非正規任務編組進行的支援，但集結起來，可一窺設計中心的另種工作日常。

　　「2021年全國大專院校運動會」、「成大校慶校友之夜」兩個大型活動案，我們**協調校內單位與外部團隊在美學、活動流程、人員安排間的認知落差**，同時協助空間改善與美化，讓遠道而來的貴賓、訪客在活動場域有流暢的第一手使用體驗，不但動靜皆宜，且感

到賓至如歸。「光復校區後門警衛亭」、「光復校區郵局提款機」兩個小型的外觀改善計畫，我們試圖剝去附著在建築物外觀不必要的構造，**精簡校園與都市介面所需呈現的資訊**，強化學校門面的角色，而非功能性的訊息。「施工圍籬美化」是我們將校內工程中因安全考量而搭設的**臨時性圍籬構造物，視為校園中的資訊交換介面**。透過策展，張貼基地的歷史脈絡、完工後的想像，讓來往的人對於將要發生的事情多一分期待，也就更能體諒施工過程中造成的不便。最後是「新園校長官邸家具規劃」，我們討論日治時代的官舍建築，如何在合理預算內混搭不同式樣與風格的家具，**反映建物本身豐富與多元的歷史脈絡**。

2021年全國大專院校運動會
National Intercollegiate Atheletic Games 2021

2021年全國大專院校運動會由成功大學舉辦，我們作為校內美學整合單位，也參與了全大運的美學整合計畫，從識別形象系統、入口意象設計、貴賓室規劃、貴賓交誼空間、道路形象露出、線上及線下美學監督、臨時設計支援等等，我們就是一支校園內的美學游擊小隊，隨時出動與全大運工作小組一起最佳化這個與體育界共同舉辦的盛事。2021年五月開幕前夕，全台灣爆發了COVID-19本土疫情的感染案例，我們也在其中扮演把關與重啟的設計流程角色，很幸運地經過了三個月的三級警戒，全大運又得以在同年十月初重新展開，藉由過去的溝通準則與文檔，重新

協助校內單位發包，讓整體視覺形象得以延續。

挑戰體育盛會必備的「氣球拱門」

我們訂定了全大運期間的入口意象策略，希望顛覆體育盛會慣常使用氣球拱門等規格改裝品的約定俗成認知，採用焊接鍍鋅鐵架包覆帆布型式，增加入口意象設計的自由度，入口設計得以像操作空間量體一般，進行各種訂製尺寸的原型模擬，而這些原型模擬圖面，也順利地與校內各單位同仁進行充分討論、溝通，最終將整個入口意象量體對稱延伸，矗立在成功大學光復校區前門及後門兩側，延伸全大運的主視覺線條意象。

207

捨棄辦活動常用的氣球拱門後，以帆布與羅馬旗塑造光復校區的入口意象，校門口呈現大器又熱鬧的活動場布氛圍。

令人怦然心動的低限度改裝術

除了競賽場地布置以外，我們也參與了貴賓室空間改裝計畫，以有限的預算翻新光復校區司令台下的器材室，做為嘉賓、選手與裁判的接待空間。

入口以烤漆雷射切割壓克力板的校徽作為主要視覺意象，室內有一張可以容納十四人的長桌及八人休息區。拆除空間內原本貼頂照明不足的日光燈管，重新以軌道懸吊燈條，改裝懸吊至離地250公分，並以自然光投射燈為照明空間主調，圓錐狀的投射方式，使空間產生主次之分，軌道燈條亦可以轉接吊燈，增加空間的儀式性，也為未來的使用保留彈性。這些校園空間改造計畫的主軸在於：我們將未來實用性，以及符合美觀、平價的原則作為前提考量，不因單次活動目的而造成資源浪費。

與活動進程同步的形象整合行動

成功大學除了發包主視覺設計給外包廠商以外，設計中心作為一個中介單位，也透過延伸主視覺形象，來因應各種即時性的場地布置活動。除了從大會吉祥物「酷飛」延伸出去的運動項目視覺，設計中心也另外設計了簡約版本的各種運動項目視覺，適用於不同的使用情境。強調活潑、快樂的活動文宣，如海報，可以採用「酷飛」的原始版本，需要簡潔、優雅的印刷品，如邀請函，則可採用簡約線條的版本。識別整合行動的「共時性」在於，即時地整合、延伸視覺設計，使得全大運的視覺形象得以被完整呈現。

211

成大校慶校友之夜
NCKU Alumni Homecoming Gala

以設計力打造溫馨美感兼具，沒有多餘浪費的成功校友之夜

作為美學游擊隊的一員，我們整合相關單位，把關校級活動，九十週年校友之夜更是美感顧問的代表作。

校友之夜首次移師榕園，於工業設計系及歷史系館前方及光復校區後門大道上設置50桌晚宴桌，共500席，主舞台設置於工業設計系及歷史系館之間，

避免過多輸出品，讓觀眾聚焦在500吋的電視牆上，主視覺及圖文內容統一利用數位形式轉播，減少輸出品浪費也是我們思考臨時活動的策略之一。在確保通行安全前提下，利用臨時柱體架設串燈及照明塔補光，減少大量照明，創造溫馨氛圍。舞台規劃採取高低舞台設計，上層作為表演人員的舞台，下層做校友互動彈性使用。我們特別出動空拍機，拍攝這壯觀的戶外晚宴。校級活動有設計中心介入，得以將校園空間發揮至最佳效益。

在校學生也趨之若鶩的校友之夜

以往校友之夜是畢業校友專屬的校慶活動，近年多在室內舉辦，一同歡慶、感謝母校的孕育之恩。九十週年校友之夜首次移師榕園，我們必須考慮榕園是所有人都可以進出的場域，也不能因為舉辦校友活動就框定範圍，禁止非校友進入。順應榕園的開放特質，我們認為應該要在校友之夜後，接續舉辦學生之夜，邀請在校生及剛好路過的民眾一同感受這美好的夜晚。

與校友之夜的定調不同，學生之夜著重的是互動、情誼交流，讓學生共同參與成大的進化、創新、改變，於是我們首次將 DJ Set 文化引入校級活動，大家一起感受電子音樂、饒舌等不同樂種的活力，並且設計活動專屬資料夾於服務台發放，希望改變學生對校級活動及紀念品的既定印象。

❝這資料夾也太精緻了吧！很難想像這是學校做給學生的紀念品，很用心也很年輕化，真的好喜歡。❞

光復校區郵局提款機
Kuang Fu Campus
Post Office ATM

招牌形象宜簡約美觀不失焦

台南郵局為服務成大師生及鄰近客戶，解決成大校門口大量的提款需求，將於現有校門口ATM旁新增一台提款型自動櫃員機及獨立式補摺機。藉此機會希望能一併整合校門口ATM的視覺，將目前稍微龐大顯眼的招牌與新設招牌一併設計，配合中華郵政主視覺，以精簡、美觀、具指示性、不過於龐大醒目為設計目標，將大學路口一側的焦點保留給成功大學校門。

" 每次想起光復校區門口的郵局轉角，畫面大多是熙來攘往的人潮、交通打結的十字路口，機車騎士停在郵

局轉角上等朋友，或只是要去育樂街覓食。當然還有同學間最有共感的實際功能，郵局領錢免手續費！**"**

形象整合實驗計畫

伴隨著未來校園規劃的形象輕量化準則，希望可以帶給市民、學生更恬靜的視覺體驗，這次也非常感謝成大「永續校園工作小組委員會」的支持，才能讓本次計畫順利執行。一直相信設計不一定只有高歌，也可以是陪伴、雋永。希望這裡會是陪伴學生走過下個青春時代的美好轉角。

光復校區後門警衛亭
Kuang Fu Campus Guardhouse

入口意象是公共美學的急先鋒

　　警衛亭在過去與現在一直扮演著為成大師生服務的角色，提供車輛與行人的動線指引及校園宣導的指標，也是學校與都市環境的介面。歷經約40年的歲月，風吹雨打的痕跡使警衛亭顯得老舊，現況除了磁磚剝落、油漆斑駁等問題之外，還有附加的雨棚與眼花撩亂的標語。為了提升校園生活美學與校門形象，於2021年的四月份啟動，如火如荼地進行規劃與翻新工程，設計上採用對環境更為謙遜的態度，從磁磚的選色到更為輕薄的金屬雨遮，同時也整理警衛亭周邊的設備箱、閘門等，使整體視覺呈現更為俐落簡潔。從小細節彰顯校園整體發展與公共空間美學的營造企圖。

施工圍籬美化
Construction Fence

利用非永久性的施工圍籬策展

　　在建築工程施作的過程中，基於工程安全與隔絕汙染噪音的考量，總是必須築起高高的施工圍籬，將工地與周遭環境強制隔離。從校園美學和溝通的角度，我們要用平面設計的方式，為校園的使用者重新建構施工圍籬的功能與風貌。就以成大光復校區的禮賢樓為例，我們在施工圍籬上呈現了這棟建築物的歷史脈絡與變革，經過的人若是注意到它的不同，也許就會停下來讀一讀這棟建築物的故事。

新園校長官邸家具規劃
Furnitures at the
Shin Yuan Official Residence

用家具為室內增添色彩

　　新園為歷任校長宿舍，現任校長將之開放成與外賓交流的招待所，日式建築內部因應歷任校長的喜好與需求，多次調整裝修，成就了現在豐富、多元的室內風格。我們接到任務是：以不奢華鋪張、低調典雅的風格，在合理預算內為官邸做家具軟裝規劃，亦須符合接待外賓、小型研討會議活動等不同情境使用。

　　經過幾次討論後，在主要接待訪客的日式客廳裡，我們搭配了長形沙發並錯落放置幾張舒適的皮單椅，還原場域中大方穩重的日式氛圍；而面朝日式庭園的接待室，我們特別選擇藤編材質的休閒椅與茶几，形塑老屋的悠閒時光；最後在廚房旁的用餐室裡混搭方形、長形餐桌，預留了搭配的彈性給未知的使用目的。異材質的家具搭配，更彰顯了老日式建築的室內風格特色，也為不同形式的活動創造了合宜的空間。

榕樹

從分散資源
開枝散葉開始

盤根錯節的「榕樹」可從枝椏脈絡看出其組織性，不同習性的樹種也可在同一區域裡和諧構築成林。面對大自然的複雜系統，當討論的空間尺度及連結的使用族群逐漸擴大，群體和諧與區域永續發展間的平衡便越趨重要；關注的議題討論也應從使用者與空間的關係，延伸至與自然環境的和諧共存。場域內的使用者都須順應及尊重既有環境與

彼此的存在，適度地釋放出共享的資源，如同生態系在群體與環境間找尋和諧共處的生活方式。

每一個案也都代表著一顆種子，在校園的設計規劃中接續地為下一個提案提供空間想像與線索，這些不同階段留下的重要線索將逐漸被串聯起來，透過時間接壤共同形成另一種可動態調節的整體架構。無論是自然給予的提示，或是面對都市介面時產生的限制，甚至對於歷史紋理的回應，都應持續影響各個提案的狀態，消弭原本僵化的建築邊界，形成對群體與環境更友善親近的空間型態，同時也引入了更多水平軸帶的連結，促進各類橫向活動的發生，為校園及城市帶來更多跨域的合作機會及永續的想像，也將新與舊的資源重新審視與整合，打造可韌性應變的未來校園。

225

作品檔案

E1 安南永續生態教育園區
E2 沙崙智慧綠能科學城
E3 成大之森總圖前景觀再規劃

　　本章節選取了設計中心經手的三件大尺度規劃案例。尺度越大的規劃案，越需要跨領域專家的協作，因此本章節的案子都是集結了與植物、生態、綠能、交通等各方面的專家反覆討論的規劃成果。設計中心的四位老師除了中心事務、投入建築系設計課教學，同時亦擔任成大「永續校園規劃及運用委員會工作小組」委員，因此在校園規劃與設計的過程中，亦與校內各界專家學者保持順暢的橫向溝通與諮詢管道，期許設計規劃能面面俱到，設計專業可以有效整合各領域的專業知識。

　　三個案例中，「安南永續生態教育園區」是我們拿捏成大衛星校區開發強度的一則宣言：當我們面對校本部開發已趨近飽和，開始緊鑼密鼓著手開發衛星校區時，**該如何在照顧研究單位需求**的同時，**亦面對未來越來越嚴苛的氣候變遷課題**。我們相信為維持土地既有的生態、防洪機能而不將校地蓋滿建築，不代表校地就沒有被開發。「沙崙智慧綠能科學城」是一個跨領域合作的範例，結合新興智慧科技與綠能產業的專業，藉由**指認出沙崙地區的物質流，創造資源循環生生不息的綠色智慧家園**。最後一案「成大之森總圖前景觀再規劃」回到已經開發飽和的成大校本部，設計中心並不是第一個進行成大校園規劃的單位，但校園規劃因為尺度相當大，執行時間往往經歷數次組織成員的輪替，**如何延續核心規劃願景不偏離初衷，又可以回應不同時代的議題與挑戰**，是我們對自己最大的期許。

　　回看校園設計規劃的本質，作為環境教育的一環，如何海納百川地聆聽使用者與專業者的意見，研擬收集到的使用需求、整合新興技術、引導校園美學，將有限的資源最大化地利用，成就共好的校園。期待校園規劃如成大百年來屹立於校園中的榕樹，將資源有效地分配到不同枝幹，以其寬廣樹蔭造福群眾，世世代代，生生不息。

a.

a. 校園原有的空間環境與生態
b. 重視區域與群體永續發展及多樣性
c. 建立與自然共融的永續生態校園環境

b.

c.

E1　安南永續生態教育園區

An Nan Campus as Eco-Education Role Model

安南永續生態教育園區

設計年份：2021
地點：安南校區
基地面積：730,000 m²
設計單位：設計中心

榕樹　從分散資源開枝散葉開始

生態校園願景館

　　成大校本部百年來的發展與台南府城共榮共存，這十年來更是將圍牆一道道拆下，以開放與歡迎的姿態擁抱台南市與市民，融入在地日常生活，成為全台眾大學中獨一無二的特殊風景。作為研究型大學，成大近年將聯合國永續發展指標納入校務發展重大目標，對其貢獻了各學院研究成果，成為國際間的亮點。但盤點校園空間現況，因校本部開發已趨近飽和，難以提供各研究單位量能互相交流，或以空間環境觸發橫向連結，因此我們放眼成大衛星校區：安南校區，期望將環境永續的願景，放入這個具豐富水文、綠地、動植物生態等環境條件的校區，以永續生態教育園區為主軸，規劃安南校區成為魚塭水渠間與在地共享的研究前線。

❝校區的發展並非只是單純在校地增蓋建物，而應在永續的價值下，深度省思科技面、指標面的目標，以具備高度研發能力的學校角色，呈現技術的整合與跨域的思考。❞

- 成功大學校長 蘇慧貞

01. 尊重現有生態環境塑造的永續校園

Respecting Ecology as
Future Sustainable Campus Design

利用溼地水渠獨特的空間紋理塑造校園環境

安南校區位於台江內海邊緣，過去為晒鹽灘地，現在則是潟湖與安南區聚落銜接的核心地帶，擁有大面積水體、大小坪塘多處、幾座土方堆置而成的假山，及大片未開發綠地。校區鄰近野鳥保護區、國家級生態溼地和國家風景區，環境上具備豐富自然及人文景觀資源，是台江內海得天獨厚的「生態方舟」。

從景觀生態學的觀點而言，校區的空間發展應尊重現有校區生態與環境條件，建立與鄰近環境相連的生態系統。土地使用與分區規劃，應考慮開放空間與周圍綠帶、藍帶的配合，以地景修復的態度，利用溼地、水渠獨特的空間紋理塑造出校園環境。

水工試驗所

永續環境試驗所

水產
研究中心

微藻實驗室

研究
總中心

能源科技
策略研究

校區大門

E1 安南永續生態教育園區

濕地公園

鯨豚
研究中心

鳥類保育密林區

景觀運河

生態滯洪池

宿舍區

安南校區將是在魚塭水渠間的綠電研究前線，是能源自給自足、社區友善，並與在地共享的生態跳島。

02. 校園開放空間與社區共榮

Opening Campus for Community Engagement

校園是與市民共享的場所

安南校區擁有大片綠地、豐富水系，充足的陽光、風力，並鄰近台南科技工業區，具研發綠能產業的潛力，都是未來推動節能減碳，呼應全球發展潮流的有利條件。安南校區應是一個能讓人安心工作、研究與學習的校園，也是友善社區與生態的棲地。本校區願景計畫配合鹿耳門溪、曾文溪排水線於極端氣候演變下的防汛需求，將校區的開放水景空間打造成為鄰里社區可共同使用與休憩的景觀教育園區，維持低密度的開發外，也可兼具公園、微型的能源科技示範場、雨水花園、社區運動，除了提供適宜三代之空間尺度及步行環境外，也是新興與在地住民可以分享的都市場所。

公共空間兼有城市防災功能

安南校區位於台南市濱海地區，校區本身亦多屬生態敏感的低窪地，屬都市災害風險區，安南校地受水利署之託，肩負為安南地區滯洪的使命，宜因應全球氣候變遷和都市防災進行整體規劃，降低天災的衝擊。其次，作為一研究、實驗基地，且校區內具有水工試驗所等大型研究設備，安南校區應以自身作為氣候變遷調適的示範案例，成為國內重要生態環境保育、環境資源永續、氣候變遷與防災的環境教育基地。

本校區理論上要幫台南市安南區分攤10,830,000立方公尺的逕流量，但我們要分攤的不僅僅是數字，還有防災教育基地的使命。

03. 合宜的校區開發強度

Appropriate Campus Development Strengths

無建物不代表沒開發

安南校區以永續生態教育園區為規劃主軸，是一個生態社區實驗與地景營造示範基地。在全球日益重視環境問題與永續發展的時代思潮下，雖然安南校區基地本身條件與周邊生態環境資源，可能成為校地開發的挑戰，但校區規劃應可擷取當今正快速成長的生態規劃理念，結合周遭國家級生態溼地、潟湖等環境敏感地，建立一校地可彈性使用，具有生態社區實驗、生態地景的示範基地，將發展限制條件，轉化為樹立新時代概念典範的助力。因此成大為達到校區內生態棲地多樣性，並因應生態校區規劃新典範，當務之急是要保障劃定為棲地區域不受人為干擾，以利動植物回歸，此後才有條件發展溼地生態公園，達成環境教育目標等重大使命。

建物更低調，把舞台還給生態

成大安南校區鄰近台江國家公園、四草溼地等自然生態環境資源，所在地區亦屬生態環境敏感地，校區發展宜朝向生態社區、生態地景營造，成為珍貴的生態實驗基地。因此開放空間配置宜滿足不同層級的需求，將水鳥與溼地保育勿擾區與人為活動較多的研究場域分區，並以景觀等軟性元素做區隔，保護鳥類與動物生態不被打擾的同時，也兼顧訪客休憩與教育活動的需要，建構生態永續與人為活動和諧共存的基地。為了不影響台十七線道上速度很快的車流，我們將校門退至校地內部，讓進入校區的車流有較好的緩衝空間，設計上亦從校區內豐富的生態環境取材，採用低調自然的意象，將舞台還給生態。

04. 讓人本交通
成為校園常態

Human-Centered Traffic Design

> *「校園入口的中央大道應該維持慢行且寧靜的車輛通行模式，道路稍微彎曲轉折，外面進入的車輛有減速必要性，而從校園外出的車輛也不會車速過快，是很恰當的設計。」*

更多元的人本交通選擇

不同於校本部因位處熱鬧的台南市中心地帶，早已實施無車校園的理念，安南校區的教職員生主要的交通方式都為開車與騎車，因此校園道路設計上亦會有很不一樣的原則。我們希望可以從以「車輛」為道路空間主體的觀念，逐漸轉變為以「人」為空間主角之思考模式，提供多元的人本交通選擇，如：公車、共享腳踏車、腳踏車道、人行景觀公園等。

校內的車流要更慢

安南校區緊鄰台十七線，為了達到校區內寧靜交通的目的，並符合生態校區的精神，進到校區我們捨棄中央大道式的規劃，而是使車道緩慢地繞一個彎，將中軸的角色讓給供行人與腳踏車通行的帶狀景觀公園。

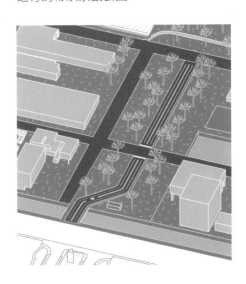

05. 規劃設計納入跨領域專業與資源整合

Incorporating Cross-Disciplinary Professionals

❝建築專業不能再自己關起門來做事，需要跟校內其他專業單位、學術界交流，設計中心在學校裡，跟生科系、交管系的老師可以在規劃階段就一起討論，再把回饋反應到對空間未來的想像。❞

更多不同專業領域的橫向溝通

　　除了進行眾多設計與規劃工作外，我們也是「國立成功大學永續校園規劃及運用委員會工作小組」的委員，定期參與學校所有跟校園外部景觀規劃相關會議，提供設計上的建議。工作小組的成員有來自交通、生物、景觀、都市計畫、水利、土木等領域專家，提案一來一往的修改過程中，亦可將各領域的專業反饋，整合到規劃中。

循環經濟為跨域合作最好驗證

　　循環經濟研究需要大量的跨領域溝通，以團隊合作的模式才能將回答環境系統性的問題。

❝循環經濟不是斷裂的，而是系統性的，從原物料開採、製造、零件、設計、產品到服務提供，必須是整體性的研發。如果建築師不進入研發鏈，我們就會變成產業的邊緣；反過來如果積極參與，成為材料共同研發者，那我們是有機會改變環境，帶來更多設計的創意。❞

06.因應新科技而生的宜居城市試驗與城市規劃

Livable City & Urban Planning in Response to New Technology

E2 沙崙智慧綠能科學城
Shalun Smart Green Energy Science City

> *城市的物質流都有邊界，沒有真正的廢棄物，只有放錯地方的資源。*

創能循環基地與新農業

在未來的都市規劃發展中，零碳排為一個因應全球氣候變遷問題而生的重要指標，綠色能源的應用與其重要性不言自明。沙崙智慧綠能科學城內已有台南會展中心、工研院綠能科技示範場域、科技部資安暨智慧科技園區、陽明交通大學台南校區、台糖沙崙智慧綠能循環住宅園區等大型再生能源系統，上述建置的系統將共同構成都市尺度的綠能循環示範場域。另外如氫燃料等綠色能源亦能與位於沙崙的台灣智駕測試實驗室結合，成為未來自駕車系統能源供給。除了綠色能源外，新農業的推動亦為沙崙地區另一個重要產業目標，目的為讓農業成為兼顧生產、生活與生態的永續產業，如台糖沙崙農場的建置等。

新興科技與智慧城市

隨著5G技術的成熟，AIoT的應用實驗建置刻不容緩，沙崙智慧循環生態城市為臺灣未來智慧城市的重要示範區，除了前述的循環生態綠能外，另一主軸為新興智慧科技的應用與規劃。而AIoT更可延伸到智慧共感、自駕車試驗、AI車流辨識、智慧電網、無人機巡檢、自動化倉儲等。為此沙崙智慧綠能城市亟需依據新興產業技術，重新擬定符合當代使用與未來構想的都市空間規劃，配合政府政策與整體產業發展方向，提出相應之規劃願景成果。

07. 模糊化建築與環境的界線
創造豐富的橫向串聯

Blurring Boundary of Buildings for
Horizontal Connection

E3 成大之森總圖前景觀再規劃
NCKU Forest - Redesigning
Library Landscape

活化開放空間傳承歷史記憶

成大校園是台南都市的縮影，開闊的校園不論在實體空間或組織軟體層面，都應強調水平向的串聯。在校園重點的歷史軸帶上，透過串聯榕園、大成館、成功湖、歷史系、小西門、新園到總圖，將能定義出成功與光復校區間的連結，強化開放空間的水平關聯，重新活化總圖前草皮，成為學校聚集、活動發生的據點。

"空間的水平流動，帶給都市空間層次與趣味性，層次有了之後，活動的多樣性就會自然而然跑出來。"

前人與後人一點一滴的累積

設計應以精簡的手法，去蕪存菁將重點凸顯。總圖前的下沉廣場與廊道將原本完整的草地開放空間切分開來，造成空間面積不大不小難以利用。適度地重新打開後透過高程調整、增加景觀植栽提供休憩與活動的場域，不須太過複雜，即可將總圖前重新改造成校園核心焦點，如光復校區之榕園。校園規劃的精髓是，方向明確清晰後，一點一滴地往下一個街廓去發展，在策略原則下透過不同設計手法將它拼湊、結合起來。理學教學大樓設計規劃時，建築師對於大新園前的開放空間即有歷史軸帶的意識，讓出建築前的空間，留下一個17度的斜角，與小西門跟總圖之間形成一個視覺的走廊。

總圖書館前原本的下沉式廣場空間經過景觀整理改造，模糊了建築與周邊景觀的邊界，將可創造總圖書館前綠地空間的多樣活動。
設計單位、圖面提供：張瑪龍陳玉霖聯合建築師事務所

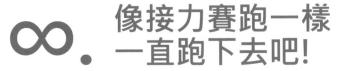

像接力賽跑一樣
一直跑下去吧!

Let's Pass on the Baton and Keep Running!

　　成功大學是都市型的綜合大學，校本部被多條都市道路隔斷，因此校區與校區之間的連結是長久以來不斷被關注的議題。特別是成功校區與光復校區間綠樹濃蔭的勝利路，我們可以騎著腳踏車從光復校區穿過小西門的拱門，越過勝利路後到達成功校區；抑或是爬上鋼構的造型橋，飛越清朝留下的府城城牆遺構，遊歷過去的城內與城外，體驗古往今來不同的空間記憶。而這樣的空間塑造並不是一蹴可幾的。過去成大校園是封閉且不對外開放的，因此配置校區建物量體時，常將市區道路視為校園的背面：連續的圍牆切出少許的出入口，圍牆後方與建築物常形成一個無法使用且堆滿雜物的閒置空間。即使是相鄰勝利路的林蔭大道，過去也只是以一整面圍牆隔開成大與台南市的關係。

　　1980年代曾有人提出將勝利路地下化，地面層改造為校園步行的綠軸，雖然這個大膽的想法最終沒有實現，但以人行為主的想法成為了共識，在歷年校園規劃團隊的努力下，逐步將成大與勝利路的圍牆卸除、美化人行空間；後續新建的校園建築也不再背對勝利路，反而打開圍牆也翻轉了校園面向，勝利路開始有了不一樣的風景；勝利路在成功與光復校區之間的路段如今是個步行友善的場域，兩旁行道樹形成綠園道，鬆動了大學與都市的邊界，成功地將市區道路納入成為校園的一部分。透過時間一點一滴地改變，勝利路不再隔斷成功與光復兩個校區，路旁兩側的人行步道、植栽、開放空間，和建築物都共同圍塑出軟性且友善的校園邊界。

同樣環境塑造的理念延續至校園內，跨過小西門向東西兩側延伸，往西經過成功湖、榕園，到大成館與禮賢樓；往東則經過新園前綠地，到總圖書館前的大草皮，這條東西向的校內重要步行軸帶，透過不同階段的累積與整理，在校園規劃的整體布局上形成了在開放空間上不言而喻的設計準則，例如「理學教學大樓」，及後來的「大新園藝文沙龍」規劃，都在這條東西向的步行軸線上留設了延續軸帶的綠地及回應歷史的視線角度。校園規劃的宏觀願景，縱使無法一步到位，但透過設計者代代相承，一起朝向共同的願景目標前進，終將能夠一點一滴地實現。

> **設計中心面對的成大各種各樣規劃案，有點像是接力賽跑，大家有共同的校園目標願景，大家朝向同一個方向，一個人接著一個人的棒子，才能跑到現在。**

水平向的串聯校園裡重要的步行空間，豐富化建築與外部空間的介面，將可以觸發更多的活動在周圍發生。

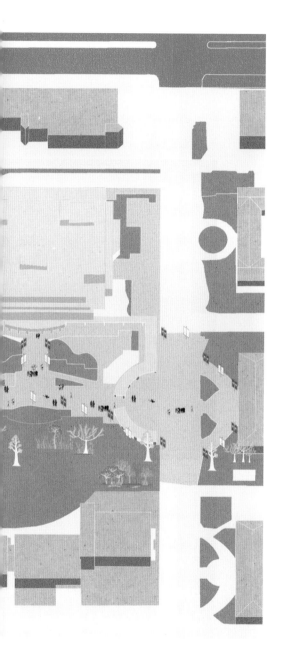

當代的建築實踐，無法靠一己之力完成。一個好設計師的養成，需要培養對人的觀察與關心，設計師無法傾聽其他人的意見，便無法做出好的空間作品。設計中心大多數的規劃提案，都需廣納百川徵詢多方意見，進行溝通與協調，並培養與團隊的合作默契，在各門專業都越來越專精的現代，我們也須肩負傳承理念與教育下一代設計專業的使命。我們相信要能夠開放心胸，與人溝通、了解眾人的需求，才能實現眾所期盼的校園願景。

校園的建成環境與教育模式，既然是形塑大學場所的兩大要素，作為頂尖大學之策略規劃勢必要傳承並延續。在校內過去的校園規劃機制上，多屬於顧問諮詢制度，善用校內專家資源，卻難以避免規劃上間斷無法承接核心概念的缺憾。設計中心以設計為核心主旨，關注校內、校外發展之最新趨勢，確保校園整體環境與世界接軌，並讓環境教育融入校園生活中，更讓優良傳統得以延續發展，世世代代傳承如接力賽跑一般，成為校園空間的守護者。

反過來說，設計中心某種程度就是改變過去間斷的做法，以一個延續性的規劃單位，也不只諮詢，包含先前的議題討論跟前期規劃的執行，這是設計中心的特色。

253

訪　談

九典聯合建築師事務所
張清華 主持建築師

　　九典聯合建築師事務所主持人張清華建築師是國立成功大學建築系68級畢業系友，並於2017年榮獲傑出校友獎。不論在實務工作與教學上，張清華建築師都對成大付出相當多的心力，除了正在進行中的成功創新中心旺宏館與成大醫學院附設醫院老人醫院暨高齡醫藥智慧照護發展教育中心新建工作，2020年COVID-19疫情期間，九典聯合建築師事務所更與成大醫院及建築系團隊聯手打造QurE緊急部署檢疫醫院原型。

　　在成功創新中心旺宏館這個案子，設計中心擔任的是前期規劃的角色，負責整合學校對於創新中心的想法，向捐款興建的旺宏吳敏求董事長說明空間需求，並與吳董事長取得共識，再交由九典聯合建築師事務所進行設計，在本案設計過程中，設計中心與張清華建築師有許多互動交流，張建築師從不吝於將執業過程中獲得的經驗與我們分享。本次訪談，就請張建築師談談她對建築教育與實務業界的落差、理想與工程實務衝突的挑戰，以及創新綠建築與智慧建築的看法。

業主、建築師、顧問團隊的關係與合作模式

Q：理想的業主、營造廠和建築師的關係應該是什麼樣子？在面對學校或公部門的業主時，建築師會遇到什麼困境？

A：建築是很龐大的事情，從來都不是由建築師個人的意志來主導，它會遇到很多使用者需求、業主的條件、法令等各方面的挑戰，設計需要許多人共同工作才能完成，最後還要交由營造廠把它興建完成。

業主是整個過程中很重要的一部分，有好業主才可能有好作品。美國建築師協會（AIA）定義建築師的工作是接受業主委託為其解決問題，並且提供創新的解答，所以理論上，建築師應該像醫師、律師一樣，得到業主的信任。但在執行公共工程時，卻往往不是這麼回事。

公共工程常常在考驗建築師，經費不合理、人力或時間不足、營造廠資歷不夠等，都是常見的問題，並且會形成執行上莫大的壓力。加上因為採購法令的關係，公部門業主習慣將建築師視為廠商，而且是以追求自身利益為優先的廠商。在這樣的成見下，雙方自然無法站在同一陣線上，甚至會演變成建築師只想完成合約要求的事項，而不主動服務，公務員也只會依法執行，彼此沒辦法合作讓事情更好。當然還是會遇到願意尊重建築師專業的業主，那我們就有機會一起完成好的作品。

Q：設計中心扮演的整合協調角色，是否對建築師在執行業務時有幫助？

A：一般學校的工程都是由營繕組負責發包，以及跟事務所溝通，若是遇到消極不配合的公務員，或是提出超過合約要求的學校單位，甚至是在預算編列多年後才執行，物價上漲導致經費不足，卻還是被要求照原來的設計執行的狀況，對事務所來說都是很大的消耗。成大有設計中心居間擔任溝通協調工作，情況很明顯好得多，因為設計中心了解使用單位的需求，也能理解建築師的想法，溝通是建立在雙方彼此信任的基礎上，自然比較容易做出好的作品。

Q：在大型的建築案中，常需要專業顧問的協助，請問建築師與顧問是如何合作的？

A：若以樂團來比喻，建築師就像指揮，結構、機電、消防、空調、景觀、燈光設計、智慧、資訊等各項專業顧問則是樂手，顧問群是一個龐大的團隊，建築師需要有良好的協調能力，在適當的時候邀請顧問參與設計工作，才能讓團隊中的每個人都發揮出最佳的實力。例如結構，過去建築師習慣在做完設計後，才將設計圖交給結構技師計算結構強度，然而，結構顧問若是能在設計發展初期就進入團隊，跟建築團隊一起發展設計，就有機會一同討論出有效且具有創新美感的結構系統。

日本的建築研究所有分設計與工程學程，工程學程包含結構、環控、機電等，訓練學生去從事相關工作，例如機電顧問。因為這些工程顧問不能只會讀自己那一部分的工程圖，還必須讀得懂建築圖上的資訊，理解建築師的設計，能幫助建築師更順利完成整合工作。

這是台灣的建築系學生在學校裡不曾受過的訓練，當學生時，我們通常都只專注在自己的設計上，老師也比較重視啟發學生的設計思考，但在產業端，建築師要面對的事情遠比設計要來得複雜許多。

讓建築教育與實務業界
更有效銜接

Q：專業的問題並不總是那麼大，有時候只是很小很基本的問題，卻會造成很大的困擾，例如漏水，請問您怎麼看呢？

A：建築物不漏水是很基本的工程要求，但建築師往往要執業好幾年，才會在這麼基本的事情上下功夫。漏水這件事不單純是設計的問題，可能是設計本身的細部沒有處理好，也可能是營造廠發現問題卻沒提出來討論。

雖然我們在畫設計細部時都會畫排水平面與立面圖，標示出水往哪裡排，樓板的坡度變化等，但有些年輕同事會覺得這種平淡無趣的工作不是「設計」，而關於「水」的規劃觀念確實也不在我們的學校訓練範疇裡。

但學校確實可以做這樣的訓練，例如在西雅圖，他們對水的回收再利用有全市的規劃，建築師也常運用排水元素做出很誇張、很有藝術性的設計，展現出對水的思考和整體規劃。從事

設計的人，應該要常常去看知識與技術如何在實務上被好好地執行出來。

又好比機電設計，必須要認知到機電是一種系統設計，若不尊重系統就會造成管線的浪費，若不從整體設計來考量，就無法達到真正的節能。

像我們之前做QurE，就讓學生學習到空間裡的空氣是如何流動的，要如何安排窗戶，固定式或可動式，在立面如何表現，下雨天如何通風等。還能再進一步分析，九平方公尺的空間要開多大的窗戶，光線才足夠？就是把基本的建築元素轉變成可設計的教材，引起學生的興趣。

Q：很多人都說，在學校學的知識，進了事務所好像不太實用，工作的技能還是要從頭學起，您能否建議我們在教學上如何調整，讓學校教育與業界需求更有效銜接？

A：在學期間，所有系統、材料、美感的基礎養成，以及設計概念的思考訓練，與進入職場後面對實務問題的平衡，其實是很重要的。在職場裡，大約只有三分之一的時間能做概念思考，三分之二以上的時間都在執行整

合工作。此外，畢業後至少需要九年的時間來累積實務經驗，透過實際參與去理解建築執行端會遇到的挑戰，才能與設計端銜接。實務經驗不見得要進到學校，因為教育不應只發生在學校，也會延續到事務所裡，事務所的主持人有義務讓新進員工學習，這本來就是專業的職責。

舉例來說，九典為了方便整合，在十多年前決定執行BIM（Building Information Modeling），包含了結構、機電，還能做氣候模擬、轉換軟體。初期同事真的很排斥，甚至認為會占用過多私人時間，因而不願意下功夫。但是經過最初幾年的適應期，很多同事離開九典去別的事務所或營造廠，都變成其他公司負責BIM的重要人才，但我們也不會因此就不培養員工的技能。

建築系畢業的人才不是只能在事務所有所發揮，營建產業裡面有很多公司都需要優秀的建築整合人才，我們可以鼓勵學生畢業後到各種不同的工作單位去歷練，找到最適合自己的工作崗位。

Q：九典如何把關員工的工作品質，又是如何傳承經驗？

A：建築要管理的層面非常多且複雜，所以首先必須把品管清單列出來，依照清單管理細部設計的所有細節，另外再列一個管理營建所有S.O.P的清單，由資深人員確立管理標準後，再依此標準進行稽核。

我們在發展設計的初期會邀請同事一起激盪想法，逐步收斂到落實的過程，會越來越嚴屬，年輕同事剛開始可能會不適應，這時品管S.O.P就會成為他們的好幫手，碰到不清楚的細節就可以自己先檢查一遍，還是有問題，就去請教九典的技術中心資深同事，經驗就是這樣傳承下去的。

如何落實智慧建築與綠建築

Q：智慧建築跟綠建築是很理想的概念，但真正要落實卻不是很容易，能否跟我們分享九典這些年的經驗？

A：在設計智慧建築或綠建築之前，建築師要先想好策略，以確保你把建築物完成交給主辦或使用單位後，他們知道如何營運。綠建築在校園中比較容易維持原本的使用策略，在都市裡，同時要面對噪音問題又要自然通風就會很困難。

至於智慧建築會走向什麼樣的未來，坦白說我也不知道。因我們無法預期科技會如何發展？過去的建築師喜歡做永恆的設計，不強調科技創新，而是把「美」放在第一位，但我們這一代的人終究不能忽視科技的影響。

對我而言，智慧建築的智慧是形容詞，建築是名詞，所以這個問題應該這麼問：什麼樣的建築是有智慧的？可是我們每次找智慧顧問的時候，通常他們都只會告訴我們要裝哪些設備，設備怎麼用，而不是從這個自動化是為什麼而服務的角度去思考。智慧並不只是設備、感應器，智慧建築應該要有一個使用情境的劇本。

所以我們在做成大老人醫院時，大家都強調智慧醫療，但卻只能想像屋頂天花要夠高，要有足夠的管線給未來的智慧醫療穿線，或是如何讓醫生在診間透過螢幕跟遠端的病人交流，停留在設備的討論，而建築師該做的應該是統整設備，讓空間氛圍符合情境想像，醫療情境更怡人、更有效率。

智慧需經過選擇，先想清楚為什麼要做，再講如何做，最後才是做什麼。建築師有責任為這些問題找出答案。

我覺得成大可以在這方面有更多的討論，因為成大不只有建築系，還有電機系、電資學院，大家應該多交流讓台灣的設計可以到國外發光發熱。

給設計中心的建議

Q：從校園規劃角度，設計中心可以做些什麼？

A：校園規劃需要系統化的全盤考量，越早規劃所有的基礎設施，就越容易串接。也許第一步可以先把成大的整個校園BIM數位模型先建起來，至少有基本的Data，維護管理及智慧化就會變得比較容易。還有全校的設計準則與設備機電系統，未來需要進行工程時，才能有一個標準化系統可依循。

但統一系統如果出問題，全校都會出問題，所以還是要有 Plan b 或一個可與時俱進的開放系統，可以預防失效或過時的智慧。此外，智慧系統會有先後接續、設備更新的議題，可以從循環經濟的面向去考慮。

我覺得設計中心應該變成校園規劃設計的CEO，校長對學校的理念、未來和願景，就交給設計中心負責貫徹執行，就像現在的台灣設計研究院一樣。設計中心也可以主動提出好的議題，擬說帖向校友募款去執行計畫，相信校友們都會支持。

有些議題也可以讓學生一起參與思考，第一天上課先觀察我們所處的校園環境有什麼問題，請每一個團隊提出一些建議，並透過設計方法去解決問題，未來他們進入職場，也可應用設計思考的方式帶動創新。

俞思安 丁權偉 設計師

Path & Landforms是成大未來館及整體校園空間的指標系統設計團隊。由丁權偉及俞思安兩位設計師共同創立的Path & Landforms，主要的核心業務有三：第一是指標系統設計，這是他們兩位過去長時間在紐約及倫敦從事的設計項目，也是各自回台後希望發展的重點；第二是展覽規劃設計；第三是品牌識別設計。

Path & Landforms的核心理念便是整體考量環境與視覺，並整合成最終設計。

整合空間與視覺的
環境視覺設計

Q：思安設計師是建築背景，怎麼會跨到環境視覺設計領域？

俞思安（以下簡稱俞）：我對視覺設計一直很有興趣，加上有建築空間背景，留英後就進入一家專做指標設計的公司工作。做指標設計要能從平面圖想像空間，想像使用的材料能發展成什麼形式，想像被設計出來的指標、大型視覺呈現在那個空間會是什麼樣子；所以一方面要能理解空間，一方面又要能掌握純平面的視覺設計美感。回台灣後接到一些可以嘗試指標系統設計的案子，差不多是那時開始和權偉合作。

Q：指標系統設計專業團隊在台灣普遍嗎？

俞：台灣設計指標系統的大多是設計公司和廣告招牌廠商，但專注設計指標系統的公司不多，很多時候這類設計工作會被包含在建築師規劃設計的一部分，並不特別被視為一種專業。不過近幾年開始比較多人重視這項設計工作了。

丁權偉（以下簡稱丁）：這類整合型設計在台灣比較少見，現況常是指標的設計單位，同時也是指標的製造商，所謂的設計只是用既有的材料、版面形式去更換內容而已，想像空間很受侷限。我們與這類公司比較大的差別是我們會回到建築空間本身去思考這個環境適合怎樣的造型、材質，與空間整合，而不受限於既有的材料、工法。

Q：跟建築團隊合作時，是怎麼溝通設計並達到共識？

丁：我們跟建築團隊合作時，通常他們會將指標設計全權交給我們完成，也不會大幅度反對我們的概念或設計。討論的過程比較專注在兩方設計交疊的部分，以及介面的整合，更著重建築與標示的結合細節與材料選擇，標示的位置會儘量以我們提出的空間結合方案為主，取得彼此共識。指標系統設計本來就需要各方面專業的人才，像思安是建築設計背景，而我是視覺設計背景，後來都進到指標設計範疇，這個產業需要各種專業背景來提供不同的解決方案。

未來館的設計理念

Q：Path & Landforms是在什麼時間點加入成大未來館的指標系統設計工作呢？

俞：負責未來館室內裝修的建築師，還在設計階段就找我們加入，所以我們在顏色、特殊位置或造型形式上，都會跟他們來回討論，有些室內設計也會因此做調整。

Q：當時建築師為何不找招牌廠商而找了你們，對於整體指標是否有更大的期待？

俞：因為負責的建築師團隊了解指標系統設計是另一個專業，也很在乎設計的效果，尤其我們都是建築背景出

身，想法比較容易溝通，也更容易取得共識，因此促成了彼此的合作。

Q：你們如何發想未來館的指標系統概念？

最初未來館是要作為CollegeX的教學空間，但也還未完全確定要怎麼使用，所以我們就以X做基本概念，既代表未知，也意味著交流，所以在樓層命名上加入這個概念，並且在二樓主要大廳空間的視覺焦點上呈現出交叉的視覺效果。

當時也跟建築師討論如何展現這棟建築的特色，剛好有幾道重要的有結構作用的牆面，我們就用顏色去強調：桃紅色從一樓延伸到二樓，從建築立面就可以看到，然後走進二樓的主要空間就能看到一整面被藍綠色強調的牆。這部分是在初期設計階段就跟建築師密切配合才會有的成果。

指標系統：
成大的門面與品牌討論

Q：成大校園的指標系統又是在什麼情況下開始的呢？

丁：當時配合全大運，學校需要一套清楚的校園指標系統，因此請我們做前期評估。一開始大家都不清楚要做到什麼程度，花多少預算，包含多大的範圍，及改善哪些標示類型？直到完成第一階段的前期評估，才有比較清晰且明確想改善的目標。

Q：成大校園指標系統設計過程中要直接面對業主，並需要協調許多非設計專業的使用單位，是否遇到過什麼困難？

丁：當我們面對建築師時，可以直接討論材質、細節和設計上的配合，但面對業主時，討論的重點就會被導向需求面，例如標示內容、色系、Logo、造型如何呈現成大這個品牌，非常感謝設計中心在使用單位與我們之間居中協調。又好比，我們要為校園建築物空間編碼，必須對整體校園的指引策略需求有所了解，如果由使用單位自行編碼，恐怕無法從全貌去思考編碼方式，幸好有熟悉校園空間和設計概念的設計中心協助，讓我們能順利完成既符合需求也兼顧設計的編碼工作。

Q：方才提到，校園指標系統除了指引方向的功能外，還要能表現成大的

品牌特性和學校門面，概念上該如何發想？

丁：討論過程中，我們發現學校其實有更新品牌識別的計畫，最直接的想像就是logo，但其實品牌也包含品牌架構及各種數位、紙本的應用設計。校園指標一定要融入成大的品牌識別規範，所以我們在設計發想時，是遵循學校現有的品牌色系，再延伸調整，例如嘗試立體化。

俞：指標會分散在校園各處，所以我們考慮用一些簡單的造型，讓它在視覺上與周遭環境產生關聯。例如很多歷史建築物常見的圓拱，當人們看到簡化的圓拱符號，一時之間也許不一定能意會，但是當他再看到旁邊校園建築的圓拱，就能把二者的關係連結起來。還有方拱，也是回應紀念校門和其他現代的建築物。方拱跟圓拱這兩種元素會同時出現在整個系統裡。

Q：對你們來說，什麼是指標系統的核心目標？你們在做指標系統設計時，最重視的概念是什麼？以未來館和校園指標為例，不同尺度的設計，最大的差異在哪裡？

俞：我的前老闆常講一句話，「好的指標系統是能讓你安心自在地迷路。」意思是，有設計良好的指標系統，你就可以在一個空間裡舒適地移動，需要時尋求它的協助，不需要時它就只是安安靜靜地站在那裡。與未來館相比，校園非常難做，最大的差異是動線，一個是建築物一個是開放空間，建築物有明確的裡外分別，有入口，有越來越小的層級；雖然校園也有層級之分，但四通八達的交通路線會讓設計更小心翼翼，因為它不可能服務全部的動線，只能解決最關鍵的問題。不過校園空間也有機會因此而做些更動，譬如說，如果有些角落大家都覺得很重要的話，可以建議改善；有時也可能因為新的設計介入，引動周遭環境一起被改善或重新檢視，所以整體環境是有機會逐步朝向更理想的方向改變的。

丁：單棟建築跟校園指標比較大的差別包含建物編號、停車場分類等問題。透過重新盤點校園空間、重新設置標示位置，並以全校區的尺度及綜合性資訊檢視是否能滿足使用需求。這樣的一套完整的指標管理改善計

畫，對一個大型且具有歷史的學校來說，是很重要的。而且，指標完工後，才是另一階段的開始，指標不是一次就做完，也不是做完就結束的，必須定期檢視使用現況和新的需求、新的建築物，並排定未來的定期更新計畫。

Q：所以可以說，做指標就是逼業主審視自己真正的需求？

丁：確實是，我們之前有個案子是百貨公司，商場管理單位跟我們討論時特別強調，指標版面上各品牌露出的資訊內容所代表的意義，不僅是客戶找不找得到想去的商店，更重要的是各個標示牌上的Logo尺寸大小，都是出錢承租櫃位的廠商與商場的交易條件。而成大校園指標的規劃案，在案子初期就進到內容來討論實際需求面，也正好讓學校透過更新案，面對多年累積下來未曾跟進改善的現況。

俞：我覺得學校跟多數公家機關一樣，最在乎的是不要被抱怨。即便設計不能滿足所有人的需求，也要盡可能地減少問題發生的機率，包括使用的顏色在晚上看不看得到，字夠不夠大，各個使用單位是不是都被照顧到，都能更輕易地被找到等等，都是很實際，必須被滿足的需求。

以實體測試作為溝通手段

Q：面對業主覺得顏色不好、字體太大或太小等問題，你們都會怎麼說服業主？

俞：妥協的狀況很多，曾經有個案子，因為決策者的年齡偏高，所以開會時總是特別糾結在字夠不夠大的問題上。有天我們把設計文案全都依實際尺寸印出來，貼在該貼的地方，業主看一看就靜靜地說：「嗯，還可以。」所以第一個能做的就是把東西印出來，大家一起來看實際上可不可行。而成大校園的使用單位是一群團隊，不太會出現單一個人的主觀決策，這樣以使用需求為主，整體評估的結果會比較理想，剛剛講的那種情況就比較不容易出現。

Q：有沒有什麼是很重要，不能妥協的？

丁：我覺得指引的邏輯和策略不能被犧牲，找不找得到還是指標設計的第一優先重點。所有指標都是要指引路人找到對的地點，至於美觀或形式材

質，則可有較多方法跟環境做結合。

俞：我們曾經有一個因為不願意妥協而失掉的案子。當時提過兩三次方案，業主方都不是很滿意，反過來提出一些對我們來說比較保守過時的想像。我覺得我們必須捍衛設計理念，而不是被不理解設計的業主牽著走，因為他可能幾年之後就會離開現在這個位置，但做出來的設計會跟著建築物很長一段時間，影響到很多人，所以無論如何我們都要站在空間的角度思考設計，也因此最後我們失去了這個案子。

Q：有沒有一個指標系統設計可以同時有兩種方向，一種是讓人最快找到路，另一種則是在空間裡放些小彩蛋，讓人迷路又不是真的迷路，增加空間體驗，可以這樣設定嗎？

丁：看空間的類型，我們之前有個案子是要分析兩種路徑，一個是最快速抵達的路徑，另一個不是最快，卻是在前往目的地的路程中有最舒服、放鬆感受的環境景觀。所以還是回到場域本身的需求，想要讓人在那個空間裡怎樣移動，例如自由地在公園裡散步，就不需要在各處設置指標。但如果是在一個廣場，要讓觀眾在最短時間內找到附近他要去看表演的場館，指標就變得非常重要。

對於成大校園指標設計的未來期待

Q：現在大家都很依賴手機，有google map還需要指標設計嗎？

俞：雖然大家普遍都依賴手機，可是當你去了一個新的地方，想要愜意地遊逛時並不會一直看手機，所以實體的指標還是有必要存在的。但數位的應用還是可以發揮在一些觀光資訊、展覽等資源上，讓整個遊逛過程更有趣、更豐富。

Q：如果可以把成大的指標系統跟google map做整合，就可以同時照顧到習慣或不習慣使用手機的人了？

丁：未來勢必會找到一個跟數位裝置互相搭配的方式，但我覺得短期內實體的指標資訊不會消失，在斷電、斷網的環境裡，實體指標還是有存在的必要性，除非每個人都有google眼鏡，那就另當別論。

Q：你們對於成大校園指標系統的使用者回饋有什麼期待嗎？

俞：比起期待，我比較在意的還是有沒有解決到問題或滿足到需求，最低階的目標當時是要做到越少人抱怨越好。作為校友，我覺得如果最後的成果有太多抱怨的話，會對不起大家，可能再也不敢踏進學校一步。

丁：我覺得各種意見一定會存在，所以需要透過實體的mock-up去取得意見，再對設計進行微調。就像我一開始說的，指標不是做完就結束的設計，學校必須定期維護、更新內容，才能讓這個系統持續運作下去。如果沒有維護更新，就算一開始獲得好評，三年、五年後，一定會有各種狀況陸續出現。所以設計單位最後產出的指標系統手冊必須在一個規範下，保有一定彈性，讓學校後續可以遵循並應用。

曉房子聯合建築師事務所
許晃銘 主持建築師

曉房子聯合建築師事務所由許晃銘、林郁峰兩位建築師以及團隊成員所組成。作品類型以環境規劃案、私人建築、公共工程、室內設計為主要業務範疇。「發展空間之可能性」、「探究材料之變化」、「嘗試生活之實驗」為本所之設計主軸。

雲平大樓為國立成功大學校本部的行政中心，除了是教職員與學生校園生活動線的節點，更關乎訪客與外賓對成大校園的第一印象。許晃銘建築師負責執行的「大雲平整體空間優化」計畫，便是要改善雲平大樓一樓的行政單位空間，期待它能成為改善全棟大樓甚至是全校辦公空間的酵母，將理念擴展至全校。

設計中心在本案前期的規劃階段，即以都市更新的概念，將雲平大樓的空間使用狀況做了完整盤點，統整辦公空間、會議空間、休憩空間、閒置場域，藉此找出雲平大樓可彈性使用的空間，全面進行規劃與更新。

除了空間盤整與規劃，設計中心同時也要扮演實際參與設計的建築師和使用單位之間的溝通角色，因此在撰寫

招標文件前，設計中心便已經預先做了許多模擬設計方案，期望能在有限的預算中，找出最需要優先處理的問題，並在設計方案討論的過程中，與營繕組合作，協助接案建築師和使用單位尋求最佳的解決方案。

面對使用單位的挑戰

Q：「大雲平整體空間優化」計畫牽涉到註冊組、出納組、國際事務處、通識中心等四個使用單位，非常挑戰執行建築師的協調能力，請問在執行過程中有沒有遇到什麼挑戰？

A：在開始進行空間優化之前，這幾個單位都有很多機能問題要處理，包含水電、收納、防盜等，機能問題必須先被妥善討論、處理，才有可能開始做設計。就拿鐵窗來說好了，因為這四個單位都位於一樓，原本面對走廊的窗戶都裝有鐵窗，而且各單位都因為安全問題而堅持保留，但我們的設計初衷是希望對使用者友善，因此對外的介面必須要通透，這個問題是經由設計中心和營繕組跟使用單位反覆協調許多次之後，才讓他們接納取消鐵窗的建議。

此外，因為本案預算有限，所以招標文件的設計要求是優先處理對外的第一層介面，但使用單位的傳統觀念是長官優先、修繕優先，因此不理解為什麼要先更新第一線職員的工作區域和學生使用的公共區域，而非組長的工作區，或是其他需要整修的空間。又好比工程範圍的劃定，例如天花板、地板或電線需要更新，只更新一半而產生新的交界面，效果不一定比全部更新來得好，於是我們必須把更新面積擴大，而使預算變得吃緊，有些原本使用單位希望我們做的工項因而必須縮減，也都需要設計中心和營繕組向使用單位說明和協調。

其實我們跟使用單位討論設計的過程大部分都蠻順利的，也都有不錯的成果，只是偶爾會發生在設計快定案時，有資深教授或長官會突然介入來改變整個設計方向。但設計概念需要時間發展，形式和平面都是需要時間琢磨的，到設計末期才突然翻案，往往造成很多時間人力的虛耗。大雲平的整個設計過程中，我們大概遇過兩次這種問題。在反覆說服的溝通過程中，花費了相當多的時間，但最後都

曉房子聯合建築師事務所 許晃銘 主持建築師

還是必須尊重使用者的意見，而將設計妥協成比較無趣的方案，這是做設計難免會遇到的狀況。

設計中心的定位與參與

Q：大部分的公共工程，設計單位都是直接面對總務處營繕組等單位，而成大多了設計中心這個單位，更像是整合多方意見的平台，將想法意見變成可執行的設計方針，再與建築師討論。請問從您的經驗來看，設計中心對設計單位的工作推動是否有幫助？

A：設計中心這個平台的存在，對我們設計單位最大的幫助是協助我們釐清設計方向，並且是從整體的架構去思考。當建築師直接面對使用單位，常常遇到的狀況都會是片面的需求，例如水溝有問題，就會要求我們修水溝。但實際上，所有片面的需求都需要被整合在一起，從都市進到建築，再進到室內，一層一層去想。設計中心先幫設計單位把使用單位的需求整理清楚，朝一個比較恰當的方向去考慮，同時也不會抹煞建築師的想法，這是蠻好的互動，有時還會衍生出更有趣的想法。

因為設計中心是校內單位，比我們理解使用單位的顧慮和考量，因此更能在設計單位和使用單位中間扮演協調的中介角色，幫助使用單位理解我們的設計概念與動機，讓使用單位比較容易放下成見和傳統思維，嘗試接受設計團隊的想像，也讓彼此能夠在同樣的思維邏輯中對話，並得出結論。

校園空間的轉變

Q：許建築師也是本校校友，若從校友與校園空間使用者的角度，請問您是否觀察到校園有什麼改變？

A：最近注意到光一光二宿舍前的木平台和紅磚設計，材料的選擇和轉換手法都很不錯，蠻低調的，但又有設計感，很適合成大校園的質樸特質。以前會覺得學校有些設計比較突兀，好像是突然間碰出來的，最近開始覺得校園有點不同。

Q：我們今年也趁著籌辦全大運大家開始在意校園景觀的機會，整理了光復後門警衛亭，因為校園需要改造的地方很多，我們就先選一些最需要改、最有感覺的地方向學校提案，有些找建築師配合執行，有些則由我們

自己做小幅度的修繕。

A：改哪裡很重要，也是設計一環。我們最近幫台南大學做新宿舍運動，預算有限但輔導老師很好，他們建議不要改全部的東西。一開始接觸使用者時，以為只是要改善現況，幫忙修廁所、改管線。後來輔導團開始介入，就開始有設計想法，打開學生宿舍翻轉的可能性。入口一向是讓人最有感的地方，入口一改，內外動線就改變了，裡面東西還是舊的也沒關係，先改變重要的關鍵地點，就能造就不一樣的結果。

Q：從公共空間出發的改造往往能帶來比較大的效益。好比先改了木平台，學生喜歡這個改善，就會願意接受改善工程帶來的各種不便。而且空間具有潛移默化的效果，如果是一個對生活有觀察力的學生，可能會發現他念書的四年中校園慢慢產生變化，在校園中培養的空間感知，也許會影響他未來成為業主時的美感判斷。

曉房子聯合建築師事務所 許晃銘 主持建築師

陳玉霖 主持建築師
劉哲綱 建築師

大新園的空間型態及與都市的界面關係

MAYU architects 是由張瑪龍建築師事務所及陳玉霖建築師事務所共同組成的團隊，都市規劃設計與建築作品廣泛多元，涵蓋各種尺度及類型，公共建築設計經驗豐富，是國內建築獎項的常勝軍。MAYU architects 近期在成大執行的案子有大新園藝文沙龍及光復校區宿舍群改造計畫。

Q：不同於校內其他建築物，大新園並不是供特定單位使用，也沒有明確的使用機能，只期待它成為校園亮點、可供校友辦活動。請問建築師要用什麼角度切入解讀空間？

陳：有一種建築類型就是「一個空間」，例如美術館。圖書館也是一種，雖然擺書櫃就變書庫，擺椅子就變閱覽室，但說穿了就是一個空房間。在這類型的建築中，空間機能是用會動的物件來界定的，不管是人的活動或可移動式家具。而建築就成為舞台，使用者或管理者是這個舞台的策展人，負責考慮各種情境與人數，並做相應的安排配置。

當空間都是空的，建築只能回歸本質，也就是天地牆六個面，設計的美和比例更形重要。大新園就是屬於這種類型的建築。你可以把它想成是室內的廣場，大新園與廣場不同的是，除了地面這個水平面之外，還多了一個天花的水平面，所以它是在兩個水平面之間，水平流動的空間。

空間想像出來後，就是技術性的工作，以及如何創造公共性吸引人來使用。例如其中一個版本的設計，就是將其中一棟的地坪高程下降30公分，製造一個往上一個往下的動線，室內外的視線通透且舒適，經過的人感到自在，自然就願意進來坐一下。

Q：我們很喜歡建築師在大新園用了大屋頂創造半戶外空間，也期待校園活動能從大新園延伸到總圖前，能否談談總圖前景觀設計的概念？

陳：我們這個世代要做的是把上一代產生的障礙物拿掉，不論是實質的或形而上的，精簡後空間自然就會串聯起來。總圖前的下沉廣場幾十年來很少有人使用，顯然需要適度地打開，不論是透過高程調整或讓草地平順下降都可以。勝利路側面對城門是一個

出入口，怎麼活用出入口的穿越跟連結性是重點。大新園將空間的流動性往四面八方延伸，包含往南的校長宿舍。串聯並不意味全面打開，而是在界定邊界的同時，又產生新的連結。每一塊相鄰的基地讓理念相同的建築師們逐步發展，用不同的設計把校園集結起來，可能會很有趣。

Q：以往校園封閉，設備與服務空間通常配置在靠圍牆側，如果校園逐步對外開放，建築物必須轉向面對街道，設備與服務空間的位置勢必要調整。請問建築師是如何處理大新園的附屬設施？

陳：我們一直認為校園要有一個能源中心的概念。國外有些學校把暖氣、冷氣等能源集中管理，再拉管線供給到校園各處，台灣的現況可能不太容易做到。但我們可以有小區域的能源中心，像大新園周遭的幾個系館可以共用一個能源中心，不論消防或冷氣等，都可集中管理。下個階段可以考慮前峰路側的整排建築，將外掛在建築立面上的冷氣，集中於某處。這樣一來，不僅顧及環境景觀，能源的掌控也會比較有效率。

Q：從校友的角度，您怎麼看近年來校園空間的改變？

陳：成大校園像是台灣都市的縮影，好壞皆有。比較可惜的是，現在我們的都市跟建築幾乎只有垂直向的關係，人們都是從垂直於道路的方向進入建築，少了一點傳統聚落或者是國外都市可見的水平向聯繫。想像一下，若我們可以經過一個中庭，再水平地穿梭於建築之間，像以前的三合院或日本京都、羅馬的都市空間，都市與建築間的互動會多有層次感。

成大這幾年做的事情和設計中心的提案，幾乎都在講類似的想法，例如跨領域、串聯不同權屬等。校園也許不需要全面改造，但是偶爾發現水平的流動，會提升校園的深度跟趣味性。當校園的層次感被建立起來之後，活動的多樣性就會跟著出現。

這有點像接力賽跑，必須要大家有共同的夢想和願景，一棒接一棒，才有機會達成理想的目標。但不見得未來每位建築師和學校行政單位都能理解校園最重要的價值在哪裡，所以還是需要小心翼翼地保護良好的價值觀。過去成大的建築物不管好或壞，遴選

到的建築師多是校友，至少會有共通的記憶跟價值觀。然而未來建築的方向越來越多元，跟城市之間的關係也會越來越緊密，需要面對諸多價值觀的折衝。好好地把設計中心和建築系的資源納入學校決策，是維持成大校園價值一致性的必要手段。

光復校區宿舍群改造的初衷與期待

Q：建築師也做了光復校區宿舍群的改造，同樣放入串聯周遭的想像嗎？對未來的發展預留了什麼空間？

劉：光一、光二宿舍跟都市的邊界有明顯的高低差，目前是以磚牆劃定邊界，但未來有可能改成較具視覺穿透性的欄杆，讓水平向的串聯可以延伸到鐵道。另一側靠近操場的邊界則處理成一個平緩下降的草坡。

Q：兩位建築師都住過光一光二宿舍，現在要從另一個不同的生活型態思考，你們怎麼想？使用單位和維護管理單位意見加進來後，原先的設計概念做了什麼調整？

劉：宿舍集合了不同系所、個性、生活習慣的人，要為不同類型的人做設

計，免不了設定一些特性，像現在有些區域有點文青感，也有電競主題的空間，但說到空間對使用者的影響，好像不能單純用這些特性做界定，畢竟人的行為模式很複雜，很難完全預測。學生說不定根本不會想那麼多，反而只是務實的想要一個生活空間。

Q：設計中心辦過一個工作坊，訪談住在勝利宿舍裡面的同學，問他們想不想要有公共空間？住宿的學生說現在沒有，所以也不覺得有這個需求。或許設計者多做點超過使用者想像的設施，像是光復宿舍的木平台，反而能引發他們對於生活空間的期待？

陳：開始做宿舍改造時，我又回去看光一光二，才發現原來同學們（以及以前的我們）都生活在如此雜亂的環境而不自覺。因此我們第一個想法是，不能讓大家再這樣邋遢下去，因為你需要在乎自己的生活環境，才能享受生活周邊的東西。我們想把一樓的空間整理得很乾淨、很整齊，至少每天有一個地方提醒你，這是一個漂亮的公共空間，或許在不知不覺中會影響同學們開始改變自己，進而觀察到校園環境的不同。

與設計中心合作的經驗

Q：請問建築師在拿到大新園、光一光二的招標需求時的想法？在解讀文字跟圖面描述的時候，是怎麼看待這個案子的？

陳：一個案子的需求書很神奇，雖然一般就是生硬的文字說明，但通常建築師會在文字的縫隙之間想像，甚至故意「誤讀」業主的需求，藉以產生有趣的事情。因為每個建築師誤讀的方式不一樣，就會做出不同的東西。建築師很大一部分的工作就是在解讀那份需求書，然後理解整個案子的狀況，用自己的想像做出設計。

我們在更早前做過成大學生活動中心改造，當時設計中心還未成立，活動中心的需求書就是一張寫滿文字的紙。主要目的是全面更新老舊窗戶，但我們針對這個需求加以擴大解釋，結果將整個立面做了改造，甚至在女兒牆外側也掛上玻璃。這些帶狀的帷幕玻璃也畫在門窗表中，符合需求書要新作門窗的要求。在這個案例中，我們不是不遵守規則，而是將規則擴大解釋，把原本例行的修繕轉變成了具有美學及文化脈絡的校園設計。

MAYU architects 陳玉霖 主持建築師 劉哲綱 建築師

設計中心成立之後，需要誤讀以探索設計可能方向的狀況幾乎沒有了，因為需求書是設計中心準備的，且已經提出清楚的設計輪廓及目標，建築師可以很清楚知道學校要的東西、設計理念跟需要得到的成果。以大新園為例，看過原來需求書的平面圖，就可清楚知道設計方向及結論在哪裡，一方面雖然少了誤讀的樂趣，另外一方面它是很準確的，只要順著這個方向去做就沒什麼問題。省下來的時間可以很精確地去探討建築的形式和構造方式，更快進入建築的實質設計。前面開玩笑講的誤讀，除了很少數的狀況之外，其實是蠻麻煩的，因為業主講不清楚，建築師也會做得不清楚。所以設計中心在校內單位間的水平向溝通，幫了建築師很大的忙，也幫了學校很大的忙。

Q：我們在擬需求書時，會刻意把規劃設計細節拿掉一點，就是怕太清晰會限制了建築師做設計的空間，但若寫得太模糊，營繕組會請我們再寫清楚一點，因為他們要依據需求書的內容檢核建築師的工作成果。建築師怎麼看這個情況？

劉：我們做其他學校的案子，業主都會有很多意見，對設計單位來說整合意見的過程真的很困難。但成大近期幾個案子的狀況有點不同，因為有設計中心的協助，前端的意見整合階段比較容易得到共識，然而學校行政流程繁雜，進入實際合約擬定的過程，還是免不了要跟行政單位來回修改與確認，導致設計時間受到擠壓，最後仍然像是趕工出來的一樣。

Q：事務所在執行公共工程的經驗中是否遇過比較大的挑戰？

陳：公共工程有一個「距離」存在，因為真正的使用者並不是所謂的業主代表，所以在設計進行中比較容易互相尊重。我們事務所做公共工程，一直以來都還蠻愉快的。制度僵硬、合約不合理，都還算是可以克服的，而且制度有越來越進步的趨勢。公共工程比較難跨越的，是年輕的事務所要能去對應相對繁瑣、嚴謹的制度，需要更多的經驗及足夠的人力。過了這個門檻，設計的空間就會變大的。

給年輕世代的建議

Q：陳建築師有在成大建築系帶畢業設計，跟以前相比，現在的學生或是未來年輕的建築師需要具備什麼不一樣的能力或思維嗎？

陳：以前的我們沒辦法跟現在的同學相比，若將過去我們所做的設計放到今天，可能根本就不及格，所以大家不用太擔心，在這個時代成長的人，自然會具備對應新時代的能力和熟練的工具。你看我們這一代好像有些厲害的地方，其實很多是經驗值罷了。我只想呼籲同學們：一直做就對了。畢業之後要一直做建築，不管是在事務所裡面，或是在設計中心這樣的單位，或是自己獨立創業，你要一直做才能累積出經驗。

劉：我覺得做設計應該要多一點想像力和深度、廣度。很多新同事可能想法都很好，但對於真的要把它蓋出來卻沒有興趣，不太關心實際構築的層面。尤其剛進到業界的新同事，普遍都有這樣的現象，隨著時間累積，差異就會越來越大。要有辦法想像如何把你的設計想法實踐出來，這很重要。要想走得遠，做更多事情，過程中給自己壓力是必要的。

當數位化介入事務所

Q：現在很多人在談數位製造，事務所對於數位轉型方面有沒有什麼想法？

劉：傳統跟數位製造，主要是工具上的差異，但最重要的仍然是實踐的能力，當你具備足夠的經驗和能力，不管是否數位化，是否會用新工具，都能產出實踐。畢竟不論用哪種工具製造，都要考量它的特性、能力如何發揮，或者找哪個廠商比較合適等實際的問題，所以不用太擔心要不要數位化。當然在學習過程中多學一種工具一定是好的，可以有更多的選擇。

對我們的實務工作來說，模型重要的作用在整合，很多機電、結構、預算、規範等資訊要被儲存在模型裡，Revit就是很方便的工具。它有一個特點是畫的是要被蓋出來的部分，不能亂畫。如果你不知道那是什麼材料，或是不知道材料的厚度，你畫出來的就是無用的圖，在學的時候就要有這個概念。

MAYU architects 陳玉霖 主持建築師 劉哲綱 建築師

境向聯合建築師事務所
蔡元良 主持建築師

蔡元良建築師是境向聯合建築師事務所的創始主持人，任教於成大建築系數十年，參與成大校內多項重要建築案，包括理學教學大樓、生醫卓群大樓、東寧宿舍一期及產學創新大樓。本次訪談的主要目的，是希望藉由建築師的分享，幫助大家了解成大校園發展的脈絡與未來，與建築師對設計教學實務的看法。

理學教學大樓與成功校區發展

Q： 建築師在成大執行的第一個案子：理學教學大樓位於歷史最悠久的成功校區，請簡單介紹本案的規劃設計背景？

A： 大概是2013年左右，我開始參與成大校園的設計。我在建築系已經兼任了20年，在學校帶設計課，會習慣把周遭環境考慮進來，因此必須跟同學討論環境議題，及設計如何介入。成大這些年的設計習作多以實地為對象，討論設計的方式也更為開放。由於對校園的理解，事務所開始做成大的設計案時就有一些著力點。辦公室內也有成大畢業的同學，通過實作，理論與實際就可以相互印證。

任何一個案子，業主一定要有清楚的program，也就是定性定量的說明。

雖然常常建築完成時，使用已經開始改變，計畫趕不上變化，但沒有計畫過程就會失控，解答也易不符現實。

成功校區反映了成大的校園特性，包括早期台南工學院的樣貌。成功校區是成大最老的一個校區，最早成立的工學院系所完整且規模龐大，占了成功校區東側的大半部分，以開闊的工學大道南北貫穿校區串聯，西側則是理學院和相對較窄的理學大道。理學大道與勝利路之間夾了一個窄小的地塊，校長公館、幼兒園、迎賓院都在這個地塊上。由於理學院需要新的空間，就將理學教學大樓的基地設在幼兒園北側，使用單位包含物理系、化學系跟理學院本部，建築空間主要是研究室及實驗室。

Q：現在校園發展趨勢不同於過去封閉的狀態，多希望面對民眾有開放的態度，請問建築師對於開放校園的看法是？

A：成大是都市型的綜合大學，校區被多條校外道路隔斷，因此校區之間的關係也常被討論。過去十多年，成大校園逐漸對外開放，包括移除部分的圍牆，美化人行道，新建築在面對校外時，也會增設對外入口。

行政單位面對校園管理，最在意的是開放後的安全問題。我曾跟王明蘅老師聊過封閉型校園，就是一圈圍牆，開幾個門，開口越少越好。這種類型的校園在建築物後方與圍牆之間常形成一個不太能用的後院空間，只會堆滿雜物，像都計系、修齊大樓後面就是，設計中心積極處理的光復男舍也是。宿舍後方這塊閒置空地，隔著車流快速的前鋒路面對的是同樣被圍牆圍閉的鐵道空間，沒有讓人停留的理由；未來鐵路地下化後，對面變成都市開放空間，兩邊的圍牆都打開來就會很不一樣。

又好比成功與光復這兩個成大最老的校區，中間夾了一條交通繁忙的勝利路，過去兩個校區間曾以地下道連通，學生推著腳踏車、摩托車通過，後因為使用狀況不佳而被取消。兩邊校園被道路隔開來的狀態該如何處理，一直是被反覆討論的問題。有些同學在討論校園周邊設計時提出將勝利路這個路段地下化的建議，是否合理有效，還需要實際驗證。

我們常以為工程可以解決所有問題，

境向聯合建築師事務所 蔡元良 主持建築師

其實不盡然。不論如何，都市的地面層還是人們最主要的活動平面，如何處理人行跟車行交通之間的關係，不僅需要專業，還需要智慧。

由理學大樓串接起校園開放空間系統

Q：設計上可以如何整，使校園不因都市道路切割而顯得零散？

A：勝利路的狀況有點像二十年前台大的舟山路，當年台北市政府與校方透過交通評估及安排配套措施，將舟山路劃為校內道路，這對台大總校區的發展影響甚大。內化之後，舟山路成為校內的中軸步道，而以鹿鳴廣場為中央節點，改變了整個校園空間的配置。

除了勝利路之外，成功與光復校區間東西向的聯繫也很重要。大學路與勝利路的路口是一個很混亂的節點：十字路口有三面是校區，大學路中間有校門，附近還有人車交通更加混亂的育樂街。體育館轉角處以前環境不佳，圍牆拆掉後形象稍有改善。理學大樓臨勝利路這一面有個重要的概念，就是開放空間系統的建立。從榕園、成功湖、小西門、幼兒園前綠地，到總圖書館，將東西向的開放空間串接出來。總圖書館是校園的主要建築，因此理學大樓前院讓出一個呈17度角的退縮空間，以形成小西門與總圖之間的視覺走廊。

此外，理學教學大樓在設計的時候，確定要集中設置停車場，以紓解校內的停車問題。基地內除了大榕樹周邊，地下室開挖了兩層，上層可容納幾百輛機車，下層供汽車停放，汽車與圖書館停車場共用位於校內的車道入口，以避免在勝利路及小東路沿街面產生人行道的破口。

Q：理學教學大樓旁、新園附近，從榕園、歷史系、小西門到總圖有一系列的規劃想像。新園完成後，才會去規劃總圖前的草地。在空間上如果有共識，學校就可以陸陸續續往規劃方向前進，留下這個線索就會比較容易配合。

A：我對總圖有一個看法，是前方的綠地留得太少。總圖前方綠地如果不被下沉廣場及廊道切割，就可以成為校園中心的主要開放空間，重要性等同圖書館。這空間不需要太多設計，

簡單的綠化就可以很迷人。現在成大校園最好的戶外空間還是榕園，包括校外民眾及參訪者都必定來此。

東寧宿舍

Q：東寧校區與都市關係較其他校區緊密，也因此於此案將一、二樓的空間留給較具公共性的商業空間或宿舍公共設施空間。請問建築師如何看待東寧校區未來的發展規劃？

A：東寧宿舍是一個非常具有挑戰的設計案。東寧校區位在校園邊緣，基地並不方整，附近的住商環境，可視為校外大學城的一部分。它的邊界，北到66巷，西邊是長榮路側的民房，東邊是校內的教職員宿舍及新完工的幼兒園。這個處於街廓內的空間對台南市，甚至台灣很多城市發展，都有參考的價值。火車站西邊台南老市區的巷弄空間，大家都覺得尺度宜人，可是未來如何發展？如何兼顧歷史記憶及空間紋理，而不是拆房蓋大樓，目前在都市開發的資本市場下，仍無理想的解決方式。

如何使新建的建築融入既有的社區環境是東寧宿舍案的主要議題。台灣市區通常是住商混合，街廓靠近外緣的商業強度高，有些人不喜歡這種環境的擁擠，也有些人覺得方便。我認為相較之下，它的優點還是比缺點多。住商混合環境除了便利外，緊湊的城市空間形成了效率高的公共設施，例如台北捷運系統世界排名持續居前，便是一例。

住宅區包含住、商、休憩空間，基地上的宿舍建築，必須跟現有的社區融合在一起。設計上，除了地面層的商業空間可供學生與居民共用外，二樓串聯的開放露台也提供了必要的戶外空間。

私有地開發因為產權利益，較難產生好的公共空間。東寧宿舍沒有這個問題，除了餐飲、零售外，建築圍塑出來的開放空間，可以豐富街區的生活。宿舍西側面對長榮路民居後方，是較熱鬧的商業空間，東側的院落群比較靜態。東寧宿舍南邊還有一塊未開發的校地，因其面對東寧路，未來會有不一樣的樣態。

Q：東寧宿舍的空間需求與一般的宿舍規劃較為不同，請問一開始對於學校提出的宿舍需求想像如何解讀？是

否有更進一步的規劃及設計建議？

A：在前期規劃中，學校及設計中心對東寧宿舍提出了量化需求，及對公共空間的設定。宿舍室內空間必須伴隨對應的公共空間，而其尺度跟公共性的層次，都要隨著區位有所變化。

比較有趣是學校對住宿空間的設定，除了少部分研究生是一人房、兩人房外，其他都是四人及六人房。校方認為住宿是生活學習的重要部分，分享空間及群體生活都是必要的。另外，空間議題的討論常在建築完成後就結束了，非常可惜；使用者回饋是空間形成的重要依據，若沒有累積回饋，設計就會重蹈覆轍，而有可能犯錯。這方面建議設計中心開始累積回饋的資料，做為往後校園規劃的依據。

當年我念大一時住學校宿舍，一個房間住上八個人，非常擁擠，現在六人房還配有許多附屬公共設施，應該是足夠的。學生在比較其他學校的住宿條件時，可能會覺得六人房空間太小，但這也是適應的過程吧。

數位議題

Q：在數位科技發達的今日，新世代共居群體生活的空間使用行為與過往大不相同，請問建築師認為在這樣的演變下，宿舍和校園空間應做什麼樣的應對與轉變？

A：新世代的很多議題，包含現在數位科技的發展，跟傳統生活經驗有很大不同。這不僅發生在學校宿舍，家庭生活也是如此。不過這也是個迷思，不管科技怎麼發展，人的本性應該還是不變的。現在的建築設計喜歡談SOHO生活的自由自在，談數位生活的功能效率，但人終究會需要離開虛擬世界，出門逛街與朋友聚會，感受真實環境。所以我認為科技應該是讓生活經驗更加豐富，而不是剝奪生活經驗，一加一大於二都很好。

綠建築、智慧化

Q：許多人都在討論綠建築、智慧建築的議題，請問建築師如何看待？本案對於未來在空間智慧化管理及軟體端的應用是否有相對應的措施？

A：人類原來就是在大自然成長，與其它動物相同。回頭來談綠建築，有時是很矛盾的。世界人口在過去兩個世紀裡持續往城市集中，城市發展可以說是人類文明的一環，但我們觀察人們的生活模式會發現，城市居民對開放空間的需求還是相當高的，所以會想在人造環境裡創造藍天綠地，也就是「城市鄉村化、鄉村城市化」。不過開放空間的使用率，還是有些地域性的差異，例如台南市東區有幾個非常大的公園，本來對市民來說是好事，但可能因為可及性不高，環境也不夠吸引人，結果就導致使用率偏低。

科技發展能支持很多需求，如何適當使用這些技術是值得討論的議題。很多豪宅為了提高售價而標榜全自動的智慧設備，其實並不符合人性。過於仰賴數位控制，很有可能發生會管理問題，反而影響了生活品質，因此還是要以實用為原則。況且學校建築也沒有足夠的預算做到極致的智慧建築水平。不過，若能配置適當的空氣品質、汙染、減碳等環境監控設備，除了管控能源外，在教育層面也是好的。

Q：成大校園裡，介面是重要的事情，校區的圍牆是校園與交通的硬體介面；東寧校區除了硬體介面以外，還要顧慮到與社區的鄰里關係，也就是人際之間的軟體介面。請問建築師怎麼看待校園與外部環境的介面？

A：成大校園很大，有很多條穿越校區的校外道路，這是一個介面；東寧校區在街廓內與民房之間也是介面，我認為以緩和漸近的方法來處理這種中介空間比較好。校區間的路段可以人車共用，只要車速不要太快，我覺得都可以接受。如果可以透過時間逐漸改變，在未來也許能將都市和校園「縫合」，讓都市、校園、道路兩側的步道、植栽、空間和建築，都合為一體。

管理單位總是最擔心發生校園內的安全問題。但是不論欄杆設得多高，都還是很難免除意外，硬體設計沒辦法解決所有社會問題。現代都市人常有焦慮感，這必須用其他方法來紓解。如果為了安全問題，就把所有空間都綁上防護網，設計就不必做了，安全、自由和美感之間，還是要有個平衡點。

Q：因為使用情境會改變，除了一開

始的需求設定，建築師是不是會被要求要為未來的使用保留更多彈性？

A：建築物完工使用後，空間機能確實有可能改變，所以保持彈性是必要的。業主及設計者應該要知道近期的使用安排，營運單位也可以在未來、環境、市場的變化下，思考現有的空間改變。

東寧宿舍地面層的招商，可以朝學校設定的方向去規劃，但不一定必然，未來有太多未知。建築師在乎的應該是空間可以如何長期有效地被利用，及使用者覺得舒適合用。至於經營，就需要校方多費心思，從長計議。

整體校園規劃

Q：老師與成大淵源甚深，對於成大校園規劃的發展有何期待？

A：學校的發展跟主事者重視與否有關，歷任成大校長對於校園發展都相當關注，但因校務繁多，先後排序也就有所不同。就我所知，歷年來成大都設有校園規劃小組，較多是從諮詢的角度出發，不具有主導性，所以也沒有長期延續性的策略。對實際的校

園發展，因為只就預算編列與不同需求面來提供意見，就比較難有整體的看法和共識。例如總圖書館的選址，不只是校園規劃議題，也是校園事件。總圖現址過去是成功校區的操場，有些老師認為保留歷史記憶是主要考量，不宜改變，但也有校園規劃成員支持現址，因基地位在校園中心；且運動空間不適合放在教學區內，所以後來就將運動設施遷移到自強校區去。

非長期延續的校園規劃組織，即便對校園空間的發展有很多不同的想法，也難以整合討論形成共識；反過來說，設計中心某種程度就是改變過去片片斷斷的做法，以一個延續性的規劃單位，除了提供諮詢意見，也參與先前的議題討論跟前期規劃的執行。我覺得這會是設計中心存在的必要性和特色。

做為一個提供師生參與校園空間發展的平台，設計中心應該要持續跟學校行政單位、使用者溝通，雖然不能做到百分之百，至少能在一定時間裡結合學校行政、預算等資源凝聚共識，推廣校園發展。台灣許多綜合型大

學，目前好像只有成大有設計中心這樣的單位。

除了成立設計中心以外，學校發展需要整體來看，不應以單一的校園建設為導向。切入點不一樣，可能性也會不同。很多大學校園是在有需求和經費時，才在校園裡找一塊地做設計，結果建築物在校園內恣意生長，整體的校園空間就變得支離破碎。成大雖然不完美，但如果能在這段時間累積經驗，未來校園空間的發展前景是會很不錯的。

Q：從建築教育來談，對於下一代年輕建築師有沒有甚麼建議？

A：我之前跟王明蘅老師聊天時也談到這個問題，因為環境大家都看得到，因此建築專業並沒有什麼深奧的學問可言。環境設計就是一門入世學問，可受公評。從建築養成教育的觀點來說，設計者應該回到可以溝通的空間體驗，加上豐富的生活經驗，方能成就。好的建築師應該能閱讀空間，這跟體驗與溝通有關係。

上個世紀成大的設計教學是穩定的，有很紮實的訓練。現今世代資訊多元，加上數位工具的便利性，視野更開闊。這些跟基本訓練之間的平衡點是甚麼？建築是三度空間加時間產生的結果，當代除了新的材料、技術、工法外，怎樣看待空間，要用什麼角色介入，還是得回歸個人的基本訓練。

設計方法很多，能夠有效驗證，而非空談的，才是真理。學科中，工程技術，人文學科，以至於美學訓練，都非玄學，是可以在現實空間得到佐證。而學校跟業界也應該要有個反饋的過程，設計中心某種程度是介於學校跟實務之間的橋梁，要能夠輔助溝通，能夠將學校的訓練與實務連結，相互辯證。

我念書的時代，大一還是用鴨嘴筆，掉一滴墨水就能把整張圖都毀了，平常要是沒下功夫，評圖時是無法站上台的。這和現在電腦輸出大圖的狀態，不可同日而言。工具影響表達又是另一個議題，從手繪、電腦製圖，到未來人工智慧的轉變，到底滑鼠是否可以取代人的手和腦，也尚無定論。

當代的建築實踐，即使是天才也無法靠一己完成。因此學習與工作夥伴合作，要能夠開放，與人溝通、了解人的需求等，這些是專業學習的準則。

附　錄

選錄作品面積
索引

2,989,300m²

E2 沙崙智慧綠能科學城
歸仁校區 / 2018-
九典聯合建築師事務所
P.244

作品面積

基地描模
/LOGO

編號 作品名稱
校區位置 / 工作年份
設計單位
本書收錄位置

1,471m²

C4 產學創新大樓
自強校區 / 2021-2023
境向聯合建築師事務所
P.150

7,757m²

B1 東寧校區學生宿舍規劃
東寧校區 / 2018-
境向聯合建築師事務所
P.68

2,100m²

A5 考古研究所中庭增建
力行校區 / 2019-
設計中心
P.56

8,166m²

B3 大學宿舍2050
東寧校區 / 2021-
設計中心
P.92

2,439m²

D2 勝利藝文廣場
勝利校區 / 2019-
設計中心
P.184

17,216m²

E3 成大之森總圖前景觀再規劃
成功校區 / 2021-
張瑪龍陳玉霖聯合建築師事務所
P.246

5,052m²

C2 成功創新中心未來館
勝利校區 / 2021-2022
從缺聯合建築師事務所
P.144

23,000m²

C1 成功創新中心旺宏館
成功校區 / 2018-2022
九典聯合建築師事務所
P.114

6,952m²

C6 台語文化放送塾
力行校區 / 2020-
設計中心
P.156

24,383m²

B2 光復宿舍生活紐帶學苑
光復校區 / 2019-2022
張瑪龍陳玉霖聯合建築師事務所
P.84

7,030m²

D1 大新園藝文沙龍
成功校區 / 2019-2022
張瑪龍陳玉霖聯合建築師事務所
P.170

24,950m²

B4 勝利新宿舍運動
勝利校區 / 2020-
設計中心
P.96

歷年空間規劃
作品一覽

新建

規劃

整修

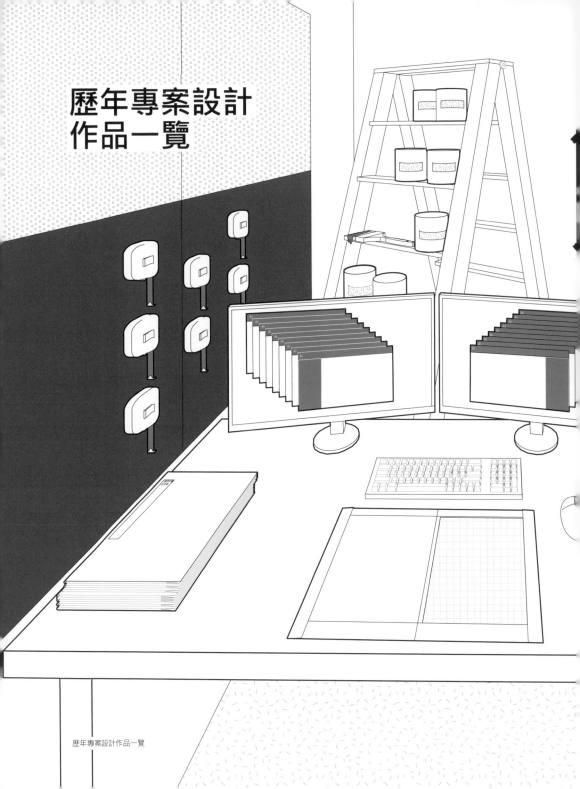

歷年專案設計
作品一覽

附
錄

作品專案分析

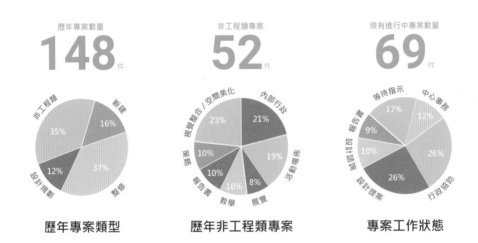

歷年專案數量
148 件

歷年專案類型

非工程類專案
52 件

歷年非工程類專案

現有進行中專案數量
69 件

專案工作狀態

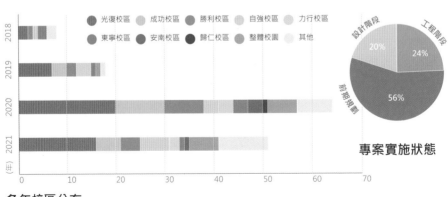

各年校區分布

專案實施狀態

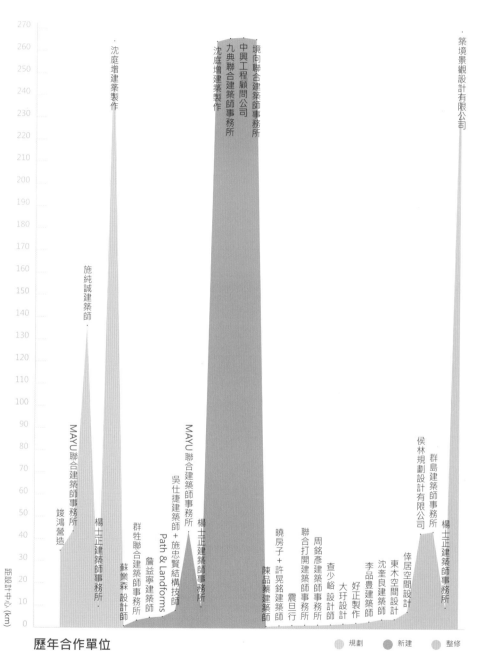

距設計中心 (km)

歷年合作單位

270
260
250
240
230
220
210
200
190
180
170
160
150
140
130
120
110
100
90
80
70
60
50
40
30
20
10
0

· 沈庭增建築製作

· 施純誠建築師

· MAYU 聯合建築師事務所

· 竣鴻營造

· 楊士正建築師事務所

· 蘇業森設計師

· 群牲聯合建築師事務所

· 詹益寧建築師

Path & Landforms

吳仕捷建築師 + 施忠賢結構技師

· MAYU 聯合建築師事務所

· 楊士正建築師事務所

· 沈庭增建築製作

· 九典聯合建築師事務所

· 中興工程顧問公司

· 境向聯合建築師事務所

· 陳品蓁建築師

· 曉房子 + 許晁銘建築師

· 震旦行

· 聯合打開建築師事務所

· 周銘彥建築師事務所

· 查少崝設計師

· 好正製作

· 大玗設計

· 李品豐建築師

· 沈奎良建築師

· 東木空間設計

· 倖居空間設計

· 侯林規劃設計有限公司

· 群島建築師事務所

· 楊士正建築師事務所

· 築境景觀設計有限公司

規劃　　新建　　整修

295

案例工作歷時

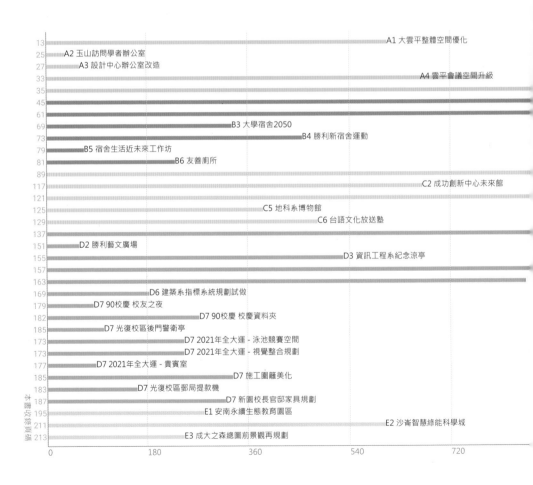

13				A1 大雲平整體空間優化
25	A2 玉山訪問學者辦公室			
27	A3 設計中心辦公室改造			
33				A4 雲平會議空間升級
35				
45				
61				
69	B3 大學宿舍2050			
73	B4 勝利新宿舍運動			
79	B5 宿舍生活近未來工作坊			
81	B6 友善廁所			
89				
117			C2 成功創新中心未來館	
121				
125	C5 地科系博物館			
129	C6 台語文化放送塾			
137				
151	D2 勝利藝文廣場			
155			D3 資訊工程系紀念涼亭	
157				
163				
169	D6 建築系指標系統規劃試做			
179	D7 90校慶 校友之夜			
182	D7 90校慶 校慶資料夾			
185	D7 光復校區後門警衛亭			
173	D7 2021年全大運 - 泳池競賽空間			
173	D7 2021年全大運 - 視覺整合規劃			
177	D7 2021年全大運 - 貴賓室			
185	D7 施工圍籬美化			
183	D7 光復校區郵局提款機			
187	D7 新園校長官邸家具規劃			
195	E1 安南永續生態教育園區			
211			E2 沙崙智慧綠能科學城	
213	E3 成大之森總圖前景觀再規劃			

0　　　　　180　　　　　360　　　　　540　　　　　720

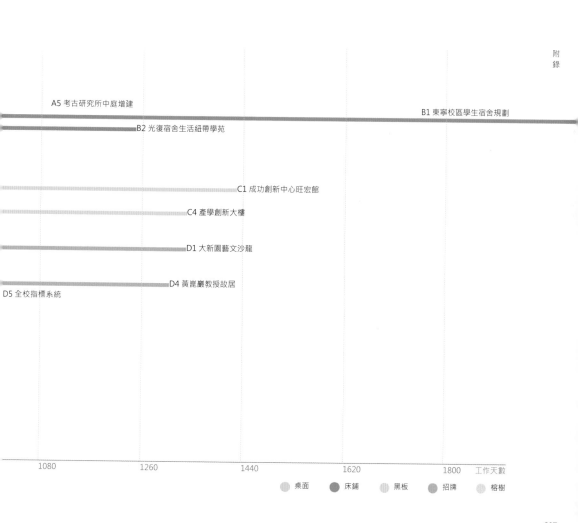

A5 考古研究所中庭增建

B1 東寧校區學生宿舍規劃

B2 光復宿舍生活紐帶學苑

C1 成功創新中心旺宏館

C4 產學創新大樓

D1 大新圓藝文沙龍

D4 黃崑巖教授故居

D5 全校指標系統

1080 1260 1440 1620 1800 工作天數

桌面　床鋪　黑板　招牌　榕樹

　　謝謝 國立成功大學 蘇慧貞 校長、吳光庭 教授、鄭泰昇 教授、陳建旭 教授、吳秉聲 教授、薛丞倫 副教授。感謝諸多不吝給予指教與協助的師長，有了您們的支持與鼓勵，才能成就校園的美好願景與本書的編纂。

　　感謝工作過程中給予指導與協力克服困難的各單位同仁們：總務處、博物館、藝術中心、未來智慧工場，以及規劃設計學院、建築系。特別感謝：姚昭智 總務長、杜明河 副總務長、楊淑媚 組長、陳君達 技正、陳信誠 組長、郭美芳 副館長、馬敏元 藝術長、蔡妤珮 執行長、建築系 杜怡萱 主任、林軒丞 助理教授、馮業達 教官。沒有您們的經驗與共識，無法成就校園創新的動力。

　　感謝曾經協助過各項設計提案的朋友們，在中心左支右絀的時候伸出援手，共同完成專案，成為最堅強的後勤小隊： 呂武隆 老師、鮑彥伶、林鼎益、尤柏勛、朱芳儀、黃昱翔、徐安、時雅文、周展言、邱意芳、林恩生、林筱容、陳品淳、梁律晴、曾宥瑋、黃意淳、游巧萱、劉巧嫩、謝雅筑、李愷。

　　最後，謝謝設計中心成立以來，一起奮鬥過的夥伴們，沒有你們的積累，就沒有此書的誕生： 洪于翔老師、黃智峯老師、郭俊辰、林永盛、張芷華、曹記嘉、尤巧婷、朱弘煜、陳馨恬、黃誠中。

設計中心作者群

龔柏閔 王逸璇 許家茵 張庭嘉 楊巧琳 楊雅鈞 陳詠載 游婕 翁新淯

國家圖書館出版品預行編目（CIP）資料

成功校園指南：以人為主體的當代校園空間思考 / 許家茵, 王
逸璇, 龔柏閔, 張庭嘉, 楊雅鈞, 游婕, 翁新淯, 陳詠載作. -- 初版.
-- 臺南市：成大出版社出版：財團法人成大研究發展基金會發
行, 2022.07
304面；17 x 21公分
ISBN 978-986-5635-70-1(平裝)

1.CST: 學校建築 2.CST: 校園規劃

527.5　　　　　　　　　　　　　　　111010129

成功校園指南：以人為主體的當代校園空間思考

企劃主編	龔柏閔
作者	許家茵、王逸璇、龔柏閔、張庭嘉、楊雅鈞、游婕、翁新淯、陳詠載
執行編輯	蕭亦芝
協力編輯	呂武隆
美術設計	許家茵、楊巧琳
圖片影像	國立成功大學設計中心
發行人	蘇芳慶
發行所	財團法人成大研究發展基金會
出版者	成大出版社
總編輯	游素玲
地址	70101台南市東區大學路1號
電話	886-6-2082330
傳真	886-6-2089303
網址	http://ccmc.web2.ncku.edu.tw
出版	成大出版社
地址	70101台南市東區大學路1號
電話	886-6-2082330
傳真	886-6-2089303
美編印製	天晴文化事業
初版一刷	2022年7月
定價	450元
ISBN	978-986-5635-70-1 (平裝)